U0521298

后浪电影学院 206

THE ACTOR UNCOVERED
A Life in Acting

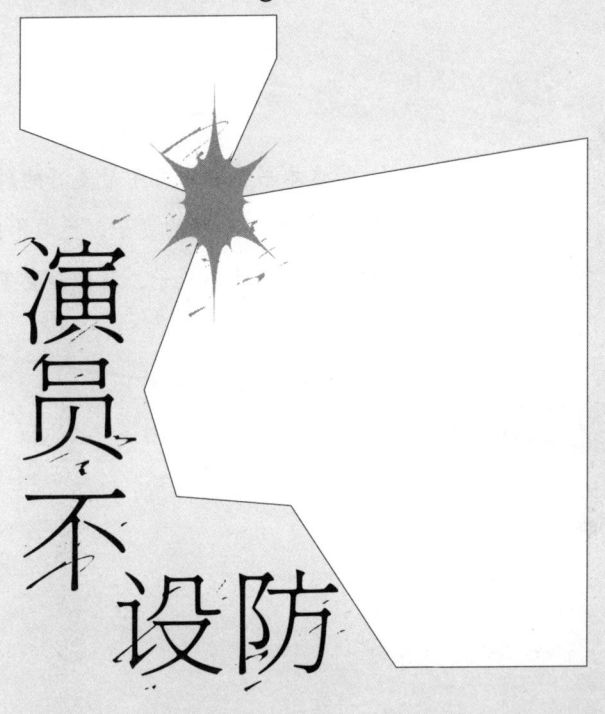

演员不设防

[加] 迈克尔·霍华德 著　张越 译

Michael Howard

海峡出版发行集团
海峡文艺出版社

这本书是我生命中最美好的风景。
献给我的伴侣、我的妻子，无与伦比的贝蒂。
也献给我的两个儿子，马修和克里斯托弗。

对待工作我们是严肃的,但对待自己不是。
——迈克尔·霍华德

序

在我作为戏剧艺术家的人生旅程中，没有谁像智慧又宽容的迈克尔·霍华德这样给了我如此长期而持续的影响。他，就是这本智慧又慷慨的书的作者。

第一次见到迈克尔（那时候他对我来说还是"霍华德先生"）是我在表演艺术高中上到第三年的时候，他是我们班的头号表演教师。

在很小的时候，我就知道我以后想要从事戏剧这行，而且有些不可思议的是，也不知道为什么，我想当的不是演员，而是导演。那会儿，母亲和姨妈、姑妈们带我去看了很多戏。上初中的时候，我自己也演戏、写戏，还"导"戏，包括在一个朋友家的后院给我们一帮伙伴组成的小剧团排戏，忙得不亦乐乎。我的父母同意送我上表演班，每周六去，在洛克菲勒中心附近。一位漂亮的红头发老师发给我们印着独白的剧本，让我们练习之后表演出来。她则坐在旁边拿着剧本，在上面画上或朝上或朝下的箭头，用来标示台词语调的正确起伏。

当我听说了表演艺术高中，我就求父母让我去试试，尽管这意味着我要从我们在布鲁克林高地的公寓到纽约的市中心区去上学。试演的日子到了。那天上午，我带着准备的两段独白走进试演的房间，里面坐着一排老师。我重现了（准确来说是模仿了）乔治·桑德斯（George Sanders）在《彗星美人》(*All About Eve*, 1950)中的那段开场独白，只是把他优雅地夹在手里的香烟换成了一支铅笔。那段独白的大意是这样的："马戈·钱宁8岁时成名，出演了《仲夏夜之梦》中的一个精灵。从此以后，她就成了一位演员。"（我自己当时12岁。）

试演（其中还有一段即兴表演）结束时，一位面试官说他们今天什么也不能告诉我，不过他补充了一句，让我从今以后无论如何都不要再回去上那个星期六的表演课了。

我被表演艺术高中录取了。刚开始的两年五味杂陈，有时我感到兴奋，有时我感到困惑，有时我又感到沮丧。我母亲得癌症去世了，我父亲很快再婚了，我觉得自己在家里成了一个外人；而老师给我的评语则让我清楚地意识到自己永远也不会成为一名演员。我一直生活在恐惧之中：每个学生每隔6个月都会收到一封可怕的信，信里会告知他们是能够继续这里的课程，还是必须转到别的学校去。

我一直很努力地做练习，比如即兴表演、感觉记忆，写下节奏单元和我的"意图"（甚至是在跟我的搭档开始片段练习之前），但看起来没有什么效果。不过，戏剧课程的带头人在我身上看到了什么东西，让她觉得这个专业里总会有我的容身之地，这样我才被留了下来。

第三年，迈克尔·霍华德开始教我们。我们并没像之前那样一上来就排练剧本，而是在剧本的基础上做各种即兴表演。我们会把规定情境演出来，而不是只用头脑去研究。（唉，我就总是那样做！）我们还做了各种练习，比如合上剧本，带着某种意图讲自己的台词，然后带着对接下来会发生什么的未知去倾听自己的搭档。这让我们在读到下一句台词之前能够一直带着我们的反应。我想，这是我第一次真正有点领会到"潜台词"意味着什么，以及什么才是"在当下"。迈克尔坚持要我们在开始排一场戏之前先做一次完整的放松练习，然后为这场戏的情境做相应的准备。有一回我和我的搭档演一场戏，情境是我们误了一班渡轮。于是我们从教学楼里出去（那时候学校在46街），一路跑到百老汇再跑回来（有一个同伴帮我们开着校门）。回到舞台上的时候我们真的气喘吁吁，这时才开始演这场戏：看着我们的船开走了。幸运的是我们那会儿还年轻，所以还有足够的气息把台词讲出来。

　　对我来说最关键的，是能够自由地将我头脑中正在发生的任何事情，也就是我的内在状态带进戏里。在迈克尔的鼓励下，这种练习渐入佳境，最终把"我"从我的头脑中赶了出去（这个"我"长久以来束缚着我，让我监督自己、评判自己）。一个奇迹般的下午，在我和搭档演完一场戏（竟然出自《卖花女》[①]）后，我的身体里充满了一种强烈的感觉：刚才的一切都发生在当下——尽管是排练过的，却都是自发的。我终于知道了生活在舞台上是什么感觉。后来，迈克尔把我选进了四年

[①]《卖花女》（*Pygmalion*），爱尔兰剧作家萧伯纳的一部讽刺戏剧。（若无特别说明，本书注释皆为译注。）

级大戏的阵容，这让我大吃一惊。毕业时我拿到了最佳男演员奖——也拥有了我平生的第一块腕表。

上了哥伦比亚大学后，我继续在迈克尔的晚间私人课上跟着他学习。有一天晚上，他把我叫到一边，说他要去百老汇导一部戏，不得不缺席一阵，希望这阵子我能够替他上课。我觉得受宠若惊，可也有些犹豫，因为好多同学都比我年龄大。但迈克尔对我的信任还是让我答应了下来。于是我一边做导演，一边开始了一段教学生涯。迈克尔教会了我怎么演戏，这帮助作为导演的我理解了演员是怎样工作的；现在，他又鼓励我教人演戏，这些技能后来支撑了我的整个艺术生涯。

因为我曾以学徒和助手的身份在夏季剧目轮演中跟迈克尔一起工作，所以，1964年春天我在外百老汇导演尤内斯库的两部戏——《责任的牺牲者》(*Victims of Duty*) 和《新房客》(*The New Tenant*)——时便邀请了迈克尔担纲主演。这是我一辈子最满足的事情之一。他是演员而我是导演，整个排练的过程仿佛就是我成长为大人的过程。

我还要说一件更加私人的事。对我来说，迈克尔并不只是一位专业上的导师，他和他的夫人贝蒂帮我度过了一些艰难的人生时刻。在我18岁"高龄"那年，我竟然从家里"出走"了（我家和霍华德家都在布鲁克林高地，只隔了大概五个街区）。迈克尔和贝蒂让我进了他们的房子，也让我进入了他们的生活。尽管几个小时之后我就回家了，但我知道，在我需要的时候，我还有另一个家。

我在美国戏剧界度过了不平凡的一生，为此我要感谢好多人：爱德华·阿尔比（Edward Albee），是他制作了我在外百老汇的第一部戏；乔·帕普（Joe Papp），是他给了我执导我的第一部莎剧的机会，让我看到了非商业戏剧的可能性，并点燃了我成为剧团艺术总监的渴望；还有约翰·豪斯曼（John Houseman），是他邀请我到茱莉亚学院新创立的戏剧诠释系担任系主任，这让我后来在戏剧系当了10多年的系主任。不过，正是迈克尔的耐心、理解和对真理的全情投入为我大部分的职业生涯打下了坚实的基础。

在本篇的开头，我说这是一本智慧又慷慨的书。智慧，是因为书中把成百上千的演员（其中很多在戏剧或影视界是我们耳熟能详的）在迈克尔·霍华德的指导下所经历的东西清楚地展现了出来；慷慨，是因为书中将这一切与所有充满抱负的戏剧艺术工作者分享——不只是分享那些技术和过程，还有这位非凡人物传递出的人性与激情。

迈克尔·卡恩
华盛顿莎士比亚剧团艺术总监

作者的话

驱使我写这本书的,是我自己的那些让人难以置信的经历:早年我就坚定地把表演当作我的专业,后来我也坚定地过着演员的生活。对于我们很多人来说,让我们进入这个行当的第一次神秘悸动是永生难忘的。这种着迷(它似乎就是这样的感觉),远胜于那些伪心理学所带来的快感。它可能开始于对认可的(普遍)需求,但这并不能让一个人在表演这条路上走下去,也不能让一个人沉迷其中。毕竟,得到认可太不易了,大多数时候都是被否定。所以,一定还有什么别的东西让我们这些演员坚持了下来。

当然,我们为什么继续从事这个职业并没有单一的答案,尽管我们有一千个理直气壮的理由放弃它。至今我已在表演界和戏剧界待了七十来年,却仍然满怀兴趣地探索、询问着一些可能的答案。

这本书不是要解释一个表演体系(过去90年来通常是斯坦尼斯拉夫斯基体系),也不是要用一套方法(甚至不是"方法派")来教你"怎么"表演。这样的书已经很多了,有些很棒、很有用，有些很蠢，再写一本好像也没多大意义。

这本书更多的是关于怎样活出你的人生，怎样活得有创造性并在混沌的美国戏剧圈里找到一些快乐，怎样感知、发现一个更加丰富的自我，以及怎样在不可预期的创造性时刻拥有那种隐秘的自豪感。

我在本书中提到其他一些演员的趣闻或故事，目的是引发一次探索：关于我们演员是什么，以及我们为什么成为演员。我希望这次探索能够引发回响，并成为一种提醒。

对于那些比我更资深的演员，我希望他们读了这本书后会说："没错，这就是我所追求的演员生涯，也是我现在仍然在追求的。"而对于那些年轻的、满怀期待的演员，我希望他们能够受到鼓舞，勇敢地踏上他们的戏剧人生，并把这本书拿给他们的父母看，这样父母们将能够更加理解为什么一个人会想要当演员。

没有哪个社群比剧团更好了。没有哪个地方比剧团更能让我们认识并且接受自己在成长道路上所发生的各种变化。没有哪个地方比这里更适合我们发展并且维系深刻而丰富的毕生情谊。为什么这个职业如此特别？往下读就知道了……

目 录

序 幕 ··· 1
开 端 ··· 3

Ⅰ 这世上的演员

01 这世上的演员 ·· 21
 表演者和演员 ··· 23
 演员兼艺术家 ··· 24
 戏剧的谎言 ·· 30
 特定的与普遍的 ·· 30
 真实的与自然的 ·· 31
 真 相 ··· 32
 目 的 ··· 33
 现实世界 ·· 35

02 社会变革中的技巧、风格与方法 ························· 37
 然后,新技术出现了 ·· 41
 那么电视呢? ·· 43

03 长路上演员的孤独与对团体的需要 ·············· 49
  家　人 ·· 50
  成　功 ·· 55
  简洁有效的答案 ·· 56
  迷　信 ·· 57
  传　统 ·· 58

04 放松、专注和呼吸 ······································ 60
  放　松 ·· 60
  生活中的紧张 ·· 61
  演员的放松 ··· 63
  专注：集中注意力、保持集中和转移焦点 ···· 65
  呼　吸 ·· 66

05 试　演 ·· 69

II 在排练中

06 面对角色 ·· 77
  最初的几天 ··· 78
  哈姆雷特的帽子 ·· 79
  发现的工具 ··· 81
  捉摸不透的角色 ·· 86
  演员身上所发生的一切，也发生在角色身上 ···· 87

07 **搭　档** ·· 89

08 **演员和导演……还有编剧之间的关系** ························ 94
　　斯坦尼斯拉夫斯基和创造性团体 ······························ 96
　　像侦探一般查明事件的演员 ···································· 98
　　今天这个快节奏的世界 ··· 100
　　最坏的情况 ·· 102

09 **行动、阻碍和即时性** ·· 106
　　合理可行的行动 ·· 106
　　预料之中的阻碍 ·· 109
　　此刻：即时性 ··· 109

10 **记　忆** ·· 111
　　文学界最有名的甜点 ·· 114
　　哺乳动物的记忆 ·· 115

11 **听从身体** ··· 116
　　"身体脑" ··· 118

III　在演出中

12 **准备：内在和外在** ··· 125
　　首先，清空自己 ·· 125
　　内在和外在的准备 ··· 127
　　拍电影的准备 ··· 130
　　不同类型演员的准备 ·· 132

3

面具、面具背后，以及面具所揭示的……………………133

13　在演出中…………………………………………………136
　　戏剧的"铁三角"………………………………………139
　　技艺、经验与艺术………………………………………140
　　演员和观众………………………………………………144
　　停　顿……………………………………………………146
　　契诃夫《樱桃园》中的停顿……………………………149
　　观众，以及幽默背后的严肃……………………………151
　　让自己保持专注：喜剧和非喜剧………………………156
　　技术，包括哪些东西？…………………………………159
　　技术与花招………………………………………………160
　　适　应……………………………………………………165
　　上场和下场………………………………………………167
　　这场演出应该和上一场有几分相像？…………………171
　　重现那个有启发性的时刻，或者那个必要的时刻……174
　　奥秘与谜题………………………………………………177
　　怯　场……………………………………………………178

14　在镜头前 VS 在舞台上…………………………………180

15　无时不在的内心戏………………………………………185

IV　让职业生涯更上一层楼

16　为什么要有演员工作室…………………………………191
　　第一天……………………………………………………195

  第一天之后·····················198
  集体教学与表演练习·················198
  片段排演······················199
  暴露隐秘的自己，以及课堂小团体··········201

17 怎样才算是好老师··················203
18 孤立无援的境地···················205
19 阻 碍······················210
  演员类型化的消极影响················212
  一个更大的阻碍···················214
  解决的方法·····················215

  后 记·······················219
  致 谢·······················235
  出版后记······················239

序　幕

　　他确定只有他一个人。他一直等到周围一个人没有了,也没人看着他,才抬脚出了门,沿着89街快步朝东边走去。街对面的马厩里飘来一股刺鼻的气味,零星的马蹄声打破了街头的宁静,一直传到中央公园。每隔几分钟,高架列车就在哥伦布大道上空轰鸣而过。他微微喘着气转过街口,上了哥伦布大道。人行步道上,高架轨道投下来的影子看着像是钢琴的黑色琴键,他觉得有必要躲在阴影里。经过九个街区,到了西80街的安德森酒店,一路平静无事。酒店里,一个上了年纪的电梯操作员正在打盹。他从旁边轻松地溜了过去。大堂后面是电话总机,女接线员坐在椅子上正在看书。她面前满是插头和插座——它们连通着她和每间客房,还有外面的世界。他爬上绕着开放式电梯井的两层楼梯,朝下看了一眼大堂,确定自己没有被人盯上。他迅速走过铺着瓷砖的三楼走廊,来到一间客房的门前,门上显眼地漆着一个"36"。他把手里的钥匙插进锁孔,转动锁芯,推开门。他在门框里站了好一会儿,边听边看。他从枪套里抽出手枪,悄悄地朝门厅移动。当他转身进入卧室时,另一个人突然从一把椅子后面站出来,给了他一枪。他受了致命的伤,脚步踉跄,但他的枪还在手上挂着,于是他设法开了一枪。只一枪,但已经足够了。他倒在床上,紧紧地捂着胸口。他低下头,看到血在喷涌,就这么死了……

……然后我从床上爬起来,进了厨房,吃了母亲留给我的牛奶和饼干。没错,这就是我,一个放学后独自在家的10岁男孩,从位于89街的PS 166[①]逃学溜回家,走了九个街区回到安德森酒店,脑子里满是黑帮电影、木偶奇遇记和雾都孤儿之类的幻想。

---

① PS 166,一所由纽约市教育局管理的公立学校,位于曼哈顿的上西区附近。

开　端

你是怎么知道自己是一名演员的？是什么时候萌生了这种欲望，想要以这样一种神秘的方式来支配自己？我在童年时就曾有这样的幻想。不过，陪我度过混沌的童年时代的东西有很多，它只是其中之一。这种幻想就是一名演员的萌芽吗？当然，并不是每个孩子都这样，但对我和我作为演员的萌芽来说，它确实很重要。因为，幻想正是演员所做的事情：他们假装，他们让自己相信虚构的东西，他们想象"谎言如真相"——正如哈罗德·克勒曼①给他的一本书所取的名字（*Lies Like Truth*）。演员必须想方设法将剧作家幻想出来的东西跟自己联结起来，并让其成为自己一个重要的、必不可少的部分，就像我10岁时所做的那样。

我在曼哈顿的上西区长大，那是在20世纪二三十年代，正值大萧条。幼年时期，我都是住在那种带家具出租的单人房

---

① 哈罗德·克勒曼（Harold Clurman, 1901—1980），美国戏剧导演、评论家，与谢丽尔·克劳馥（Cheryl Crawford）和李·斯特拉斯伯格（Lee Strasberg）一起创建了著名的同人剧团（Group Theatre）。

里。那种房间只配有基本的家具，一张床、一个五斗柜、一把椅子、一张床单和一条毛巾，还有一个和其他陌生租户共用的卫生间在走廊尽头。我父亲不和我们住在一起，只是时不时会过来一趟，然后和我母亲吵一架。我记得他们会先做爱，然后吵架，大打出手，然后会招来警察，结果就是我们被勒令搬走。对于父亲，我只有一些零星的记忆。他穿灯笼裤、双色鞋子，开一辆红色的纳什牌敞篷车。他干过房地产，还有别的各种工作。他偶尔来看我们的时候，会带我去那种专门放映新闻片的电影院看电影，去曼哈顿联合广场东侧的克莱因百货买衣服。那家商场现在已经没了，当年去那儿买衣服的都是一些没什么钱的人。

我们搬过很多次家，几乎把整个西区都住遍了。后来母亲和姨妈总算找到了一个不错的住处：两个房间，一个小厨房，还有我生平见到的第一个冰箱。我们有了自己的卫生间，然而最令我吃惊的是有了一台电话，就连着安德森酒店大堂的总机。我母亲格特鲁德和萨莉姨妈都只有一米五出头，两个小个子相依为命，还得养活我。她们靠当秘书打字员勉力维持生计，就是那种每分钟要打 100 个单词的活儿，而且不是总能找到。记得有一回，我看到母亲拿着一摞信封，里面分装着她一周的薪水。每个信封上都写着字，一个是"房租"，一个是"食物"，一个是"交通费"，还有一个写着我的名字——这个信封里永远会有五枚 5 美分的硬币。

母亲比姨妈小 10 岁，她好强、幽默，有一双明亮而警惕的眼睛。她好奇心旺盛，而且极其乐观，总是坚信有特别好的事情在前面等着她——还有我。母亲给我的最棒、最恒久的礼物，是她从来没有让我觉得自己是一个多余的孩子。萨莉姨妈有一头金发和一双蓝眼睛。她是一个斗士，而她的敌人就是我父亲。在我们三个住进西80街后，父亲是被禁止来这里的。我出生的时候，布思救世军医院的费用就是萨莉姨妈付的，一共7美元（那张收据我还留着）。大部分房租也是萨莉姨妈付的，所以她住卧室，我和母亲则睡起居室。我们会轮流使用卫生间，那里还是我的书房，也是我独处的小天地。

母亲和姨妈各有一个小书架。我记得姨妈的书架上有一本《萨朗波》，是福楼拜写的关于古代迦太基的小说。我偷偷地看了这本书，主要被里面摆出各种激情姿态的裸体女人的生动插画迷住了。母亲的书架上有八卷狄更斯，我如饥似渴地看了《大卫·科波菲尔》和《雾都孤儿》（看了两遍）。还有一本叔本华的书（"看吧，有意思的。"在我问母亲这本书怎么样的时候，她这么跟我说。那时我才11岁）。我还记得一本书，是一位很受欢迎的法国心理学家埃米尔·库埃写的。他的自助哲学是这样的："是不是对某样东西朝思暮想？那就把它大声说出来，经常说、一直说，这样你就会得到它！"我母亲很喜欢从这本大部头书里引经据典。

这两个犹太女人很擅长融入环境。20世纪二三十年代的商界可不是犹太人的天下，你要么隐藏这层身份，要么冒被解雇的风险，所以母亲和萨利姨妈非常谨慎。我外公在家里只说意第绪语，他的两个女儿却是持现代价值观的女性。从小我过的节日只有圣诞节,也只在圣诞节收到过节日礼物。赎罪日[①]我倒是听说过,但几乎对它一无所知。不过,在母亲的坚持下,我还是在西82街的西区犹太教堂行了受诫礼[②](几乎都是用英语)。或许她们融入了新环境的最重要的证据,是两个人都成了狂热的高尔夫球爱好者(萨利姨妈还买了球杆)。

我母亲上班时,我就逃学。我讨厌学校,即使到现在我都说不清为什么,总之那里好像没有什么属于我的东西。我会用幻想(我需要幻想)来克服进入安德森酒店时的恐惧,因为大人们都在忙着工作(或者更有可能是在忙着找工作),白天的安德森酒店空荡而安静。我会一个人把每一种我能够想象到的情境都演个遍。我还记得我像马戏表演里那样,在房间里的家具上爬来爬去,从椅子上到柜子上再到床上,脚不能沾地。如果成功了,我就鞠上一躬!

往往,大人们会急于让孩子们别玩这种幼稚的东西。("出去找你的朋友们玩去!")于是,这种快乐和对幻想、想象的需要就这样轻易地被粉碎了。但有些孩子不会听大人的话。幻想简直太丰富了,发挥想象力也是一件特别快乐的事情。这种早期的扮演游戏中的乐趣并不会让你成为演员,但它可以成为铺就在你的演员道路上的第一块砖石。对我来说就是这样。

在80街上演了那场"生死枪战"的几年后,我去纽约一个靠近哈得孙河的小村庄里夫顿参加了"先锋青年营"。那是

[①] 赎罪日,指犹太新年后第10天(一般在公历9月或10月),是犹太教最重大的圣日,人们全天禁食、忏悔、祈祷。
[②] 受诫礼,犹太教的成人仪式,在男孩13岁、女孩12岁或13岁时举行。

1935年的夏天,我12岁。那次夏令营改变了我的一生。在那之前,我觉得自己的人生里只有黑白灰,但从那以后,我的人生有了色彩。我第一次感受到了爱情(她也12岁,长得像朱迪·嘉兰)。我还经历了很多第一次,比如和其他人一起唱歌跳舞、欣赏古典音乐。胡迪·莱德贝特(利德·贝利)[1]居然还来为我们表演过!

我在夏令营里找到了友情,感觉没那么孤单了。我开心的时候,有大家和我一起开心;我犯傻的时候,周围也有很多冒傻气的伙伴;而我生气的时候,也总有伙伴能够理解我的愤怒,帮我分担。我发现经常会有让我生气的事情。夏令营里的大多数孩子都出身工人阶级,来自有社会主义倾向的家庭,我觉得他们很热衷于跟我分享他们的政治和文化观念。我学会了一些社会主义颂歌,像《昨夜梦中我见到了乔·希尔》[2]。我的"朱迪·嘉兰"还向我推荐了莫扎特。这是一个左翼夏令营,只靠极少的钱运作。社会主义是我们的旗帜。

夏令营里还有一位戏剧辅导老师,叫戴维·丹齐克。不过,这儿可绝对不是会上演百老汇音乐剧的地方。我记得我们只有一个小谷仓,脚下就是泥地。一天,戴夫[3](他戴了一副又大又重的眼镜,穿着一条喇叭口的粗布工装裤)让我和一个年轻女孩来一段即兴表演。当然,我从来没做过这种事情。我

---

[1] 胡迪·莱德贝特(Huddie Ledbetter, 1888—1949),艺名利德·贝利(Lead Belly),美国民谣和蓝调歌手,吉他演奏家。
[2] 《昨夜梦中我见到了乔·希尔》(I Dreamed I Saw Joe Hill Last Night),简称《乔·希尔》(Joe Hill),美国工人运动中广为传唱的一首歌曲。
[3] 戴夫,戴维的昵称。

连"即兴"这个词是什么意思都不清楚。不过我还记得他给的情境:我喜欢一个女孩,而我家要搬到另一个城市去了,我就再也见不到她了,于是我约她在一个公园见面,准备告诉她这个坏消息。

我们开始即兴表演。我坐在一条长凳上,看着她。我开始和这个女孩说话,就像我从来没有跟任何人类说过话那样。我一下子卸下了所有的伪装,变得非常诚实。我不觉得害怕。我听到自己编着故事,讲我和她尽管隔着好几百公里,或许总会有什么办法能够再见面,去看对方。最后我们道了别。我想我们拥抱了。她离开了;我坐在那儿,一时间不知所措,心里充满了各种矛盾的情绪。我有些生气,心脏咚咚地跳着,呼吸变得困难。这些东西都是从哪儿冒出来的?我还从没有体验过这样深刻的情感,也不懂这些。甚至我现在写这件事时还能感觉到记忆迸出的火光。这场即兴表演中所发生的一切触及了我内心深处的某个地方,而当时只有12岁的我对此还一无所知。然后我扭头看着丹齐克。他发生了变化,看起来跟之前不一样了:眼睛睁得老大,嘴巴微微地张着。我在他脸上看到的正是我当时内心感受的映照。他似乎被惊到了,而且像我一样被感动了,虽然他什么也没有说。在这阵沉默中,我意识到他体验到了我所体验到的,此刻他和我感同身受。而更重要的是,我觉得他理解我,而且被我改变了。

瞧,这正是我日后成为一名演员的铺路石:意识到自己有着影响别人,给人带去惊喜甚至洞见的能力和力量。我的幻想世界不再仅限于我的脑海中,而能够存在于我和另一个人的关系中。影响到丹齐克是我成为一名演员的开端，也是我整个戏剧生涯的开始。因为，最终让一个演员义无反顾地走上表演道路并且一直走下去的，不只是钱，不只是对荣誉的梦想，不只是对自己的名字出现在剧院门口的告示牌上或者电影银幕上的渴望，而是那种影响另一个人——一个观众——的能力，以及最根本的，是那种和一千个人紧紧联系在一起的奇妙体验。

那个夏天之后，我开始偷偷地在心里把自己当成一个演员。第二年夏天我再次参加了"先锋青年营"。这次我们在纽约的金斯顿拍了一部电影，讲的是19世纪砖厂工人的故事。我演的是一个破坏罢工的人，一个坏蛋的角色。我还记得我用击棍敲了我朋友缪里尔·纽曼的脑袋。这个时候表演对我来说更丰富了，因为我能够从演坏蛋中获得快乐，而且还是在众目睽睽之下！第二个夏令营之后的几年里，我体验到了更多的东西，也对成为一名演员意味着什么有了更深的理解。

1938年，我看了一部百老汇的戏，叫《戏王之王》(The Greatest Show on Earth)，票是别人送给我母亲的，还是包厢座位。这部戏最特别的地方是，戏中所有的角色都是动物——当然都是演员扮演的。他们创造这些角色不是靠毛茸茸的外套、长长的耳朵和尾巴，而只是用他们的身体。我被他们的表演迷住了：他们怎么活动，怎么互动，怎么休息，怎么打架。他们完全是靠表演的技巧做到的！

也是在这个时候，我在夏令营的一些伙伴（他们已经成了我最要好的朋友）决定在纽约租一个剧院，大家一起做一部戏。我们获得了格特鲁德·通科诺吉·弗里德伯格（Gertrude Tonkonogy Friedberg）的《三角月亮》（Three-cornered Moon）的版权，并租下了103街和河滨大道交界处的大师研究所剧院。我们包办了所有事情。缪里尔担任导演，我们都参与了制作，最后演出了三场。现在回想起来还觉得难以置信，一帮孩子能够租下那么可爱的一家剧院，但我们就是做到了。关于制作的很多细节我都想不起来了，比如花了多少钱。不过不可能很多，因为我们都没有钱。我凑的那份制作费是靠在中央公园卖冰激凌挣来的。我抱着一个大盒子，盒子上系根绳子挂在脖子上，雪糕和保温用的干冰一起放在盒子里。我还在一家开在81街和百老汇交界处的小小的熟食杂货店打过工，那里就是现在有名的扎巴食品超市。

那次演出让我印象最深的是一个比我大一两岁、演得也比我好的男孩。听说他在纽约的新戏剧联盟学校学习，于是我也打算去那儿。当时我在德威特·克林顿高中上学，每天来回都要坐一个小时的地铁，日子变得越来越难熬。我开始逃课，逃得太多以至于差点毕不了业。我会坐地铁去学校。我会走到教学楼门口，然后立马转身回高架地铁站。上了站台，我会乘最近一班去市中心的地铁去时代广场，去42街的电影院（我坦白，还有滑稽戏俱乐部[①]）。我会花掉我仅有的25美分，看电影看到下午3点——然后就可以回家了。我当时只有13岁，但从没有人拦住我，也没有人过来跟我说话。有一部叫《火爆

[①] 滑稽戏俱乐部（burlesque house），美国早年的一种滑稽娱乐表演场所，演出形式有幽默表演、唱歌、跳舞等，通常还有脱衣舞表演。

三兄弟》(Beau Geste, 1939)的电影，我看了至少七遍。在滑稽戏俱乐部，我着迷于那些不穿衣服的女孩子，但回到家，我会练习那些喜剧界"头牌"演员的名段子。这些经历（加上我母亲的小小图书馆）才是我接受的真正的教育，它们比别的任何东西都重要。

16岁的时候，我也上了新剧盟学校，跟着约翰·奥肖内西（John O'Shaughnessy）学习。他是一个演员，也是一个很好的导演。从他那里，我第一次听说斯坦尼斯拉夫斯基的名字，第一次读他的自传《我的艺术生活》(My Life in Art)。在那里学习的演员大都比我大，那里的老师也全都是戏剧界的专业人士。托比·科尔也在那里教书，她后来成了有名的编辑，选编了包括《演员谈表演》在内的系列戏剧选集[①]；剧作家本·欧文（Ben Irwin）也在，还有导演莱姆·沃德（Lem Ward）。

一年之后，莱姆给了我第一次正式出演一个角色的机会——而且是有薪酬的！这是一部反战、反法西斯的戏，叫《生死关头》(Zero Hour)，我在里面演一个想去加拿大，加入加拿大空军抗击纳粹的年轻人。这部戏在外百老汇演出，地点是拉斐特街430号的一个工作室，工作室的老板是美国著名的编舞家海伦·塔米里斯（Helen Tamiris）。（这部反战戏剧在1941年6月22日希特勒入侵苏联的次日停演。）

在这个时期，我母亲意识到了戏剧对我的重要性，于是，

---

① 该系列戏剧选集包括《演员谈表演》(Actors on Acting)、《导演谈导演艺术》(Directors on Directing)、《剧作家谈剧本创作》(Playwrights on Playwriting) 等。此外，托比·科尔还编著有《表演：斯坦尼斯拉夫斯基方法手册》(Acting: A Handbook of Stanislavski Method)。

像很多家长一样，她觉得我这个年轻的演员需要有一份"真正"的职业作为依靠。因此，从高中毕业就变得很有必要了。为了帮我，她攒了足够的钱送我去看一个心理治疗师，每周两次。看了好多个月之后，心理治疗师跟我说："你是对的。你是一个演员，没人会要求看你的文凭。不要为了别人去拿这个文凭。你是要向自己证明你可以拿到。然后你必须从你母亲的公寓里搬出来，找份工作，和你的朋友们在一起。"

我母亲简直崩溃了。她以单倍行距给心理治疗师写了一封长达两页的信，强烈控诉这个好人的变节。不过我确实毕业了，那个夏天我就从家里搬出去了。我搬出去的那天早上，母亲去上班之前，哭着在门口给了我一个大大的拥抱，还往我手里塞了一样东西——我以为是钱——我向她道了谢，关上门，张开手一看，是枚避孕套。

我搬进了格林威治村的一间工作室。我的小房间在沙利文街，房间里有一个小隔间，里面有一个马桶、一个小水槽（我会去一个朋友那儿洗澡）；壁橱里有一个轻便电炉，房间里还有一个壁炉。在这个新家里，壁炉这块地方是我最宝贝的。它成了大家聚会的场所，因为其他人家里都没有。点上炉火，我们喝酒。点上炉火，我们唱歌。点上炉火，我们做爱。那条街的街角有一个报亭，一包香烟卖17美分。但遇到我们这样抽不起整包的烟民，小贩就会拆开单卖，一根1美分。

那时我们五个人——要么是演员，要么是民谣歌手——都在想方设法地寻找我们个人以及作为一个团体的定位，都在琢磨怎样才能够开创自己的职业生涯。我们中有两个人——

保罗·贝恩和卡丽丝·贝恩——是夫妻，我也得以头一回观察到美好的婚姻所带来的快乐。多尔夫·格林自我12岁起就是我最亲密的朋友，他当时刚考上纽约大学戏剧专业。他年轻、帅气，总是演主角，每个人看到他都会想到奥逊·威尔斯[①]。保罗是加拿大人，比我们长几岁，是一位很有才华的歌手，在20世纪40年代初期蓬勃发展的民谣界占有一席之地。卡丽丝是我们当中"戏"最多的，或许也是最有才华的。她有一颗自由的灵魂，有追求、爱挑战，正是她向我们推荐了埃莱奥诺拉·杜塞[②]的作品。贝蒂·桑德斯是一位民谣歌手，她是我这辈子最亲近的女性朋友之一。这两个女人和多尔夫一起在纽约大学修戏剧专业，我们就这样认识了。虽然其他三个人比我和多尔夫大，但他们接纳了我们，并且帮助我们成长。之后没多久，多尔夫和卡丽丝就离开纽约大学，进入了有名的邻里剧院戏剧学校。

1941年夏天，我们五个人在纽约卡茨基尔山的"博尔施特环线"[③]找到了活儿：在"珍珠湖度假小屋"当一个夏天的娱乐演员。每天晚上我们演的节目都不一样。这些节目是我们在一周刚开始的时候想出来的。有些节目比较好安排，比如

[①] 奥逊·威尔斯（Orson Welles, 1915—1985），20世纪最伟大的电影导演之一，集导演、编剧、演员、制片人于一身的电影天才。其著作《与奥逊·威尔斯共进午餐》（*My Lunches with Orson*）已由后浪出版公司出版。

[②] 埃莱奥诺拉·杜塞（Eleonora Duse, 1858—1924），意大利演员，被认为是历史上最伟大的女演员之一。

[③] "博尔施特环线"（Borscht Circuit），也叫"博尔施特带"（Borscht Belt），指纽约北部的一个夏季度假区，20世纪20—70年代曾是纽约犹太人喜爱的度假娱乐胜地，建有各种剧院和夜店，成为美国犹太喜剧的摇篮。borscht意为罗宋汤，曾被用来指代中东欧的犹太人。

"音乐之夜"是我们的三位歌手的一些保留曲目;"综艺之夜"也会安排几首这样的歌曲,还有一些即兴表演,要么是我们自己编的,要么是从小品书上学来的;"戏剧之夜"是一周中最令人难忘的节目,我们会演出独幕剧,有时是从某部剧里摘出来的几场戏,有时是即兴创作。在"综艺之夜",我们每个人都必须演点什么。比如,我就曾经把两个哑剧糅在一起:一边假装打弹珠机,一边在杰基尔博士和海德先生①之间变来变去。

那个夏天改变了我们的人生。我们之间结下了强有力的羁绊,我们深深地关心着彼此,而这些都被我们投入了热火朝天的"战斗"中:我们在艺术创作中摸爬滚打、拼搏、成功、失败,夜复一夜,日出日落。

秋天,我们回到了城里。在多尔夫和卡丽丝的反复游说下,邻里剧院给了我一份奖学金,然后我就开始跟着桑福德·迈斯纳(Sanford Meisner)学习。迈斯纳是演员、表演教师,也是同人剧团最早的成员之一。在邻里剧院,我跟着桑迪②、玛莎·格雷厄姆(Martha Graham)、路易斯·霍斯特(Louis Horst)、戴维·普雷斯曼(David Pressman)、简·达德利(Jane Dudley)一众才华横溢的老师学习。这个过程很艰难,但最终让我受益匪浅,而且随着年岁的增长,这段经历越发显现出了它的用处。说它艰难,是因为我在那以前还从未学会如何当一个学生,也不知道如何与一个强势的男性相处。

---

① 杰基尔博士和海德先生,英国科幻名著《化身博士》(Strange Case of Dr Jekyll and Mr Hyde)的主人公及其服药后分裂出的邪恶人格。
② 桑迪,桑福德的昵称。

此外，迈斯纳脾气暴躁，他对一些人感到很气愤（也确实应该气愤），因为他们（和我一样）觉得就算不去上刚开始时的一些课，他们也能够完成他布置的任务。

1941年我在邻里剧院学习的时候，珍珠港事件发生了，接着美国就参战了。我参了军，晚上在陆军通信兵学校上课，白天还能继续在邻里剧院学习。不过到了最后一学年，我真的没钱了，交不起房租吃不饱饭，境况真的很艰难。后来是我在邻里剧院的一位朋友玛丽·詹姆斯救了我。她来到邻里剧院之前刚从南方的一所大学毕业，父母送给她一辆旅行车作为礼物。玛丽觉得她在纽约不需要车，就把它卖掉了，然后用一半卖车的钱救济了我。玛丽是我职业生涯的救星。

我和多尔夫从邻里剧院一毕业就正式入伍成了全职士兵。这场战争我们认为是必然的，但我们不想成为可怜又普通的步兵，而且希望两个人能够待在一起，所以我们就志愿申请加入了伞兵部队。伞兵的制服很花哨，配了丝绸围巾、靴子，还有一件很棒的跳伞夹克。总之相当夺目。然而，直到战争结束我才重新见到多尔夫——他被送去了第17空降师，而我是在第101空降师。

我去了乔治亚州的本宁堡军事基地，在那儿进行基础训练，然后是跳伞训练。跳伞训练包括持续好几周让人筋疲力尽到神经错乱的高强度身体训练，还有操纵降落伞、通信设备以及爆破装备等。最后一周是五次跳伞，有白天跳也有晚上跳。我们所体验到的快乐、兴奋、危险以及最终的成就感都很令人难忘。获得伞兵资格后，大家都很兴奋，办了一个盛大的庆祝会,喝了很多很多啤酒。有人偷偷告诉上尉我是一个演员。上尉把我叫了去,说:"嘿,霍华德,今天晚上我们在庆祝,我们有一个鼓手、一个歌手,我要你做点什么。"我说:"长官,我是演员,不是喜剧演员,我得有剧本。"他说:"赶紧的!给你的兄弟们来一段。这是聚会,不用演那么好。"没办法之际,我想起了在"博尔施特环线"演过的哑剧——在卡茨基尔,观众挺喜欢我的表演的。

上尉把我带上舞台,台下是几百个一同庆祝的兄弟。礼堂里很吵,大家已经喝了很多酒。我心想,没错,哑剧是最合适的。(啊,这个笨蛋!)我有些紧张。我开始演我的打弹珠哑剧。很快我意识到吵闹声越来越大,一点没有安静下来的意思,而我马上就要死在台上了。有人大喊了一声:"送他一个第八款!"(这是军队里的暗号,指一个人心理不健康。)[①]大家觉得挺好玩,就接了话茬儿,然后,整个礼堂开始回荡齐声唱和的"第八款!第八款!"笑声此起彼伏,他们觉得这比我演的东西好玩多了。我停了下来,大喊:"好吧,你们说得没错。我这就去领我的第八款。大伙再见。"我快步走下台。但上尉觉得有些丢面子,他把我拽住,又推回了台上,然后冲着台下吼了一嗓子:"你们这些家伙,闭嘴!霍华德,继续!"我无路可退。于是我开始演"化身博士",倒药水,喝下去。这回,他们真的都在看我表演。我不记得他们说了什么。我的耳朵跟堵上了似的,我在拼命掉汗。我又演了一会儿,然后我

---

① 第八款指美国陆军条例第八款,第二次世界大战期间曾作为开除被判定为心理上不适合服役的军人的依据,今已废除。

停下来，看了一眼台下的人群，走下舞台。我从下一个表演者（一个打鼓的老兄）身边走过，从上尉身边走过，一言不发，走出了这栋建筑。

在歌舞杂耍界，那天晚上发生在我身上的情况叫"喝倒彩"。观众朝表演者发难，取笑人的乐趣大过了观看节目。嘘声一旦起来，没有什么能压得住。要是只有一个（至多两个）起哄的，喜剧演员还能够招架，但如果整个俱乐部、整个剧院都那么做，他就没办法了。那天晚上，我在月光下沿着乔治亚州的乡村道路走了不知道多久。70年过去了，那声倒彩仍然回荡于心。

我之所以讲这个故事，是因为它关系到演员最害怕的东西。我们在意识上相信观众不会真的攻击我们，但我们的内心可不管这些。上台表演几乎像是上场战斗，它要求演员有一种勇气。如果你是一个认真的演员，那就更是这样，因为你需要深深潜入自己的内心来创造角色。而二流的表演者就不太有这样的风险，因为他们会把内心封闭起来，让自己处在安全地带。对于那些愿意挖掘最隐秘的自我的演员来说，对"喝倒彩"的恐惧能够部分解释那些与所谓"怯场"有关的复杂而矛盾的情绪。上台的兴奋和期待、心跳加速的快感，同时还有对倒彩毫无理由的恐惧，这些会成为演员职业生涯的核心体验。对于这种永远令人激动、有时也很可怕的经验，好的表演者会生出一种强烈的欲望。一些年以后，演员们会各自找到不同的方式来解决这个带有双重性的问题。不过，怯场仍然常常会以我们始料未及的方式出现，狠狠地"咬"我们一口。

但别在意。表演会以它自己奇妙的方式让人着迷。不断地挖掘自我、研习技艺，培养共情力，学会理解他人的想法，学会处理亲密关系……这些都是一个人在追求表演事业的道路上所能够获得的礼物，只要他或她愿意接受这份挑战。

而最重要的，是学会在一个团体中工作并获得乐趣。最好不要等别人来找你，而是自己找到或者帮忙建立一个团体：团体中的伙伴要和你有共同的艺术目标，和你一样有敏锐的感受力，有让你钦佩的才能和作品，并且也尊重你、鼓励你、钦佩你。你要去找那些把表演视作一门艺术的剧团、演员和老师。一个演员需要一个和自己志同道合的艺术家团体。要培养一种根植于"体内"的表演才能，仅靠自己一个人是很难做到的。虽然在一个全是陌生人的团体中也有可能创造性地完成表演（当然有这样的可能，有些时候我们必须这样做），但如果你在一次合作中的伙伴始终是陌生人，大家不是为了共同的想法和理念走到一起，你们的作品就少了一些特别重要的东西。同样，你们艺术家也就失去了某样东西：与同伴步调一致时内心获得满足的快乐——那种身体上的快感。戏剧，包括电影和电视，在根本上就是一项集体事业。

I

这世上的演员

01　这世上的演员

对于大多数演员（并不是全部）来说，有那么一个时刻，他脑袋里会突然闪过一个念头："也许，这就是我！"然后经过漫长的时间，要是这个念头没有消失的话，他会明白自己一直寻求的是什么：袒露自己内心深处最光明和最黑暗的部分，无论这会让自己显得愚蠢、昏庸还是慷慨、英勇。这个领悟会把他吓一跳——如果他是个真诚的人，就一定会被吓到。借用那个有名的说法，他举起一面镜子映出自己，不是映出那些平常的时刻，而是演员最私密、最痛楚、最坦露的时刻，好让观众从中看到他们自己。"这就是你，"演员仿佛在说，"这是在爱中贪求的你，在恨中复仇的你，是胜利的你，是失败的你。这是荒唐的你、英勇的你。"最酣畅的笑和最痛彻的泪会突然在某个瞬间袭来。"没错，"每个观众心里都在想，"没错，就是这样。"他们从演员身上认出了自己，并且心领神会，但他们不会想到，周围的所有观众都和他一样看到了他们自己的秘密。这样赤裸裸地看到自己，同时周围的人也都这样看到他们自己——这种共同的体验会令人感知到生命的存在，令人感到充实,令人心明如镜。这种体验是必要的,只要我们决心作为人,作为真正的、独特的人而存在。

有些戏剧同人会说:"观众才是最重要的,要把心思放在观众身上。"观众当然重要,但这并不意味着我们的目标就是取悦他们,让他们觉得值回票钱。我们的目标应该是影响他们,让他们有所改变。作为戏剧艺术家,无论是演员还是剧作家,我们所做的事情可以用下面这段话来总结:"听着,即便你来剧院单纯是为了娱乐,或是想感动地哭个痛快,我们也想让你懂得一点什么。我们想要你看清楚你自己。想要你暂时放下包袱,痛快地嘲笑自己有多傻。想要你理解自己为什么会那么执着于胜利,为什么会在失败之后感觉那么糟糕。我们想要你从我们身上看到你自己。当我们把镜子举到你面前时,我们想要你理解你的生活,无论它是欢乐的还是痛苦的。"

是我把标准定得太高了吗?可这门艺术存在了几千年还能有什么别的原因吗?多年来我都会跟我的学生们讲,旧石器时代的洞穴壁画其实是布景设计,而设计出这些布景的可能是巫师、祭司、猎人……或者演员。他站在这些壁画前讲述荣光和恐惧,讲述死里逃生,讲述狩猎中的杀戮。也许,他在这些壁画对面的火光中的表演让洞穴居民们懂得了他们刚才经历了什么。①是的,我相信人类是需要我们演员的。古雅典人知

---

① 作者在此处借用了古希腊哲学家柏拉图的"洞穴比喻":居民们终身住在一个洞穴里,里面照不进阳光。居民们四肢被套上枷锁,头颈也被固定而不能环顾,只能面朝洞壁。他们身后的远处有一堆火在燃烧,火和他们之间有别的人在活动。这些人的活动被火光投映在洞壁上形成影子,他们发出的声音在洞壁上形成回响。居民们一辈子只能看着面前洞壁上的活动的影子,只能听到洞壁的回响,因而将这些当作他们的现实。这一比喻意在表明人类的直接经验和世界真相之间的关系。

道他们需要我们：在面具背后，我们的声音被放大，钻入他们的心灵深处。甚至在莎士比亚震撼全世界之前，我们就走出了教堂，进入市井街巷上演礼拜式戏剧和神秘剧，帮助人们战胜黑暗、嘲笑魔鬼。没错，在多少世代以前的洞穴中，当我们中的一个站在火堆前演出狩猎的故事，大大的影子映在他后方的洞壁上时，居民们对他们自己的勇气有了更多的了解。那时候人类需要我们，现在同样需要。

表演者和演员

演员是表演者大家族中的一员。所谓表演者，就是站在观众面前，想要感染他们、点燃他们、让他们激动起来的那些人。表演者有很多种。首先是乐师和舞者，他们大概是最早出现的表演者。其中先出现的是鼓手，几乎就是他们让舞者跳起了第一支舞。接着人们弹奏出第一个音符，然后吹奏出第一声调调。歌者带来了嗓音和旋律。另一类是马戏表演者，他们至今仍让我们着迷。其中有小丑、杂技演员和杂耍艺人，他们用高难度的身体技巧惊艳四座。这是一个没有言语的世界。他们让我们体验惊险，也让我们开怀大笑。我们为他们担心，怕他们会不小心摔伤，而他们踩到香蕉皮滑倒时我们又乐开了花。但是……这和我们无关。表演吞剑或者吞火的人似乎把自己置于危险的境地，让我们感到担心和惊奇。但这和我们无关。我们一点不觉得自己在吞剑。玩毒蛇的杂耍艺人想要我们为他担心，佩服他的胆量。他用冒险的举动来感染我们，但这和我们无关。

还有一类就是演员。演员是表演者大家族中的一员,但他们在很大程度上是独一无二、自成一家的。演员想要我们像站在一面镜子前一样,从他们的表演中看到我们自己,看到我们所有的惊奇、英勇和愚蠢。是的,这和我们有关。

这些演员将用他们的工具——身体和情感的工具——在一场又一场的演出中完成这项奇迹般的转变。演员需要,或者说这个职业要求演员具备强烈的表演本能,这种本能是从内心和身体的双重技巧培养中得来的。一位发展得最全面的演员能够变戏法、走钢丝、扮小丑,还能跳舞,而且需要掌握非常全面的发声技巧,不管是咕哝还是咆哮、高音还是低音,还有吟唱,以及充满表现力的语言运用,甚至要能做到更多。最后,演员运用他所有的能力,在文本和自己的内在感受的启发下创造出另一个人物,那么具体、真实、独特,以至于不论观众的文化背景为何,都可以因此体验到他自己生命中的各种或痛苦或愉悦的经历。

演员兼艺术家

演员有很多种,表演也有很多种。放下你自己对好表演和坏表演,或者伟大表演和粗俗表演的概念,甚至不要去想演员特定的表演风格。现在,我讨论的不是演员"怎样"工作,而是演员想要从他的创造性工作中得到"什么",或者说当大幕拉开时他想带给观众什么。

那么，下面这两类演员的工作有什么不同？一类是年轻的明星，比如斯努基、卡戴珊姐妹①，他们创造了被称为"真人秀"的节目；另一类是劳伦斯·奥利弗②。他们之间有什么不同吗？他们的技艺和职业是一样的吗？演员工会③把他们都叫作演员。国税局把他们都叫作演员。奥利弗爵士、卡戴珊姐妹也都把自己当作演员。甚至观众也把他们都当作演员，把他们的工作都叫作表演。

我认为他们有着完全不同的职业、不同的目标、不同的工具，想要的最终产品也完全不同——在概念上做一个延伸的话，甚至好比水管工与电工。他们的技艺完全不同。水管工用的工具和电工用的钢丝钳完全不同。他们都是建造房屋的，这就是他们全部的共同点了。或许你会说我太看得起真人秀明星了，毕竟，水管工和电工都有非常高超的手艺。我同意。所谓的"真人秀"在各种意义上都是远离真实的，像在创作夸张变形的人物漫画。我想，那些明星应该很好地完成了节目组要求他们做的事情（不然也不会有成千上万的观众每周等着看了），但我认为他们所从事的完全是另一种职业。

跟所有好演员一样，奥利弗想要变身为角色。从理查三世到夏洛克④到《艺人》（*The Entertainer*）中的阿奇·赖斯，他都想要体验如何从自己内心，也从全世界那些大恶棍和大英

---

① 斯努基、卡戴珊姐妹都是美国炙手可热的真人秀演员、流行文化名人。
② 劳伦斯·奥利弗（Laurence Olivier，1907—1989），英国演员、导演，英国戏剧最高奖"奥利弗奖"便是以其名字命名的。
③ 演员工会是美国影视演员的工会组织，戏剧演员的工会组织叫演员协会。
④ 夏洛克，莎士比亚剧作《威尼斯商人》（*The Merchant of Venice*）中的人物。

雄身上挖掘出潜藏的能量。当然，作为一位明星，他获得了很好的机会来充分完成这样的变身。无论是天才型演员还是后天努力型演员，他们想要的东西是相似的。他们关心的是变身为角色，而不是出名。

不过，还是有特别多才华横溢、天分很高、技艺扎实的演员走上了斯努基的道路。在演艺行业，一个好演员但凡表现出某种独特且受人欢迎的特质，就会一次又一次被要求重复这种特质。这样的做法屡见不鲜，也没什么难以接受的。有时候，观众对大明星会有这样的期待（历史上向来如此，不论是舞台还是银幕），反过来，明星们也会迎合这些期待，专门为观众演一些粗制滥造的作品。（尤金·奥尼尔的父亲是一个不错的舞台演员，但他的职业生涯就是毁于迁就观众的要求。很多年里，他反复出演《基督山伯爵》中的同一个角色，后来他终于意识到自己的艺术才华早已枯竭了。）演员若要获得成长并充分发挥自身的潜能，就必须有机会扮演不同文化中的不同类型的角色，以不同的方式运用自己的身体，以不同的方式讲话，无论台词是用韵文还是散文写成的。当然，演员难免会接一些重复性的无聊角色，或者一些没什么技术含量的情境喜剧。就表演这一行来说，谋生往往是首要的事情。多年以前，还是这位奥利弗爵士，他作为一个"严肃演员"接了一部商业广告，这让我们所有"严肃演员"感到惊讶。据报道，在被问到"为什么"的时候，他的回答直截了当："我的孩子们要上学。"不过，就算是为了生计去扮演那些最肤浅的角色，演员也应该深入其中，尽可能地探索角色，不放过任何细节和可能的惊喜。

挖掘角色的真实应该是演员自己的需求,这也意味着拒绝照搬简单或老套的程式。有这种需求、这种对剧本和自己内心锲而不舍的挖掘,演员才会成为一名艺术家。这种需求在艺术家的职业生涯初期就很强烈,并且会随着他的成熟而变得更强烈,也更加稳定。对这样的需求一定不要置之不理。(迈斯纳曾说:"成为一名演员需要 20 年。"他就是一个真正的演员和艺术家。)当艺术家意识到有一些潜藏的、秘密的甚至具有启示意义的东西正等着他去发现时,他会感受到巨大的愉悦、满足甚至是幸福,这时他就开始创造艺术了——而不是重复一个老套的程式。随之而来的是一种责任感:他想要抓住剧作者所表达的内容,并用非凡的内心魔法来揭示人类境况的某些方面——当然,一千个演员也许有一千种揭示的方式。正是这样的意识和这样一种责任感创造了艺术。

尽管演员们总是抱怨这个职业(而且常常有充分的理由),但事实上他们是热爱表演的。对于演员来讲,突然获得灵感的兴奋是一样的,不管他在莎士比亚的《亨利五世》(Henry V,按我们这些二战时因为当兵在法国待过很久的演员的叫法,就是"汉克老五"①)中是演一个坐在篝火旁的步兵,还是演亨利国王。英国政府曾经请奥利弗拍一部电影《亨利五世》作为爱国宣传片,以鼓舞英国民众勇敢地面对希特勒的可能入侵。他拍了。他拍了一部杰出的影片,剪辑是他,制片是

---

① "汉克老五"(Hank Cinque),汉克是亨利的别称,cinque 是意大利语中的"五"。

他，导演是他，主演还是他。这是一次壮举，体现了他了不起的责任感。你知道他在片子里还做了什么吗？他还扮演了三个法国人——三个人的服装和装容完全不同，换起来要花很多时间。一个是男仆，他（其实是跳着舞）引领法国男爵们走向他们的战马。另一个在阿金库尔之战前夕走进法国男爵的帐篷跟他耳语："大元帅阁下，英国人离您的帐篷只有1500步了。"（《亨利五世》第三幕第七场）——那是奥利弗！还有，当亨利国王即将以征服者的姿态出现在法国宫廷中时，一个侍者走上前，捧着一面镜子侍候法国国王整理仪容，国王不耐烦地打了他的手。那个侍者也是奥利弗！

奥利弗在这部电影里还演了其他一些角色，都是法国人。为什么他要这么做？他有那么多的事情要负责，为什么还要花这个时间？因为抛开那些沉重的责任不谈，表演本身就能够给我们带来愉快、休息和放松。因为只要有机会表演，表演本身就是快乐，是一种生活方式。

你可能会问我是怎么知道那部大作的幕后故事的。这是因为奥利弗的《亨利五世》在美国的发行就是交给同人剧团来做的。同人剧团精通巡回剧团的运作，也精通所谓的"四面墙买卖"[①]，在全国各地租用剧院。他们雇用像我这样的演员，让我们随身带着电影拷贝以及用于报纸、海报和橱窗广告的宣传材料辗转于各城市，吸引观众走进影剧院。我负责投放广告、

[①] "四面墙买卖"，美国电影行业里的一种发行方式，称为"四面墙发行"（four wall distribution，也叫 four-walling），指电影制片厂或发行商以一笔固定的费用租下影剧院一段时间，并获得全部票房收入。

布置售票处、组织见面会，并且在电影放映的四天里（一天放两场）去当地的高中和大学做路演交流（虽说不是讲座吧）。我数过，那部电影我足足看了23遍！

只有那些最优秀的演员才能做到既有出色的构想，又能完美地实现它。因为这意味着既要在内心洞悉角色最深层的心理真实，又要创造出具体的、有启发性而且合乎逻辑的外在行为。不仅要做，而且要做得出色。就算是那些伟大的演员，也不能保证在每一场演出中或每一个镜头的拍摄中都做到。这不容易。令人兴奋的是，那些我们想要追赶的"莫扎特"常常把痛苦和欢乐放在同一个角色身上。查理·卓别林（Charlie Chaplin）做到了。最近，马克·里朗斯（Mark Rylance）在莎士比亚的《第十二夜》（Twelfth Night）中演了一个非常潇洒、滑稽，举止又有些鲁莽的奥丽维娅，让我大笑之余又很感动，为她的爱情困境感到担忧。20世纪20年代，约翰·巴里摩尔（John Barrymore）既是那个震惊了整个纽约的哈姆雷特，又是《二十世纪》（Twentieth Century）中一个令人爆笑的滑稽角色。1945年，奥利弗曾一个晚上先在百老汇演了俄狄浦斯，中场休息后又演了理查德·谢立丹（Richard Sheridan）《批评家》（The Critic）中的主角普夫先生。我的天，两个角色都棒极了。当时我作为一个年轻演员，多么渴望能够做到他那样啊。

戏剧的谎言

戏剧作为我们的职业,是从一个谎言开始的。这个谎言就是:要让观众相信演员就是他们假扮的样子。

不过,在一场演出中,当一个优秀的艺术家(演员)揭示出某种有着出乎意料启发意义的人类体验(由剧作家想象出来,被演员赋予生命)时,全部观众,全场一千个人都会屏息凝神,内心被一个刚揭示出的"真相"所击中。观众们随着舞台上故事的展开而大笑或流泪,然后突然之间,观众和演员之间建立了至深的联系——观众自己也会意识到。(感谢他们,他们竟能意识到。)

所以,演员到底做了什么,竟能戳中那些躲在面具背后的陌生人的内心?演员在研究和塑造一个角色时,到底在寻找怎样的真相?

特定的与普遍的

一个人所经历的某个"特定"的时刻或许是独特的、具体的,甚至出人意料的,却是可以超越语言和文化的界限被理解的——事实上,也就是普遍的。那些泛泛的、常规的时刻会带来最肤浅和最老套的表演。它们就是谎言。那些特定的、具体的时刻才是真相。

对演员来说,真相是难以捕捉的,但并不是一个抽象的概念。真相意味着要在剧中的情境下做出特定的反应。演员要寻找的就是在那个特定的时刻，那个特定的角色身上所藏着的特定的真相。

真实的与自然的

在追求戏剧真实的时候，演员需要考虑自己是否表现得坦率、诚实、自然吗？我说不需要。表演开始后，演员不再需要怀疑自己是否坦率或诚实，因为他已经能够意识到自己什么时候在撒谎，也有能力停止撒谎。他已经知道自己什么时候只是在呈现情感上的真实，也懂得去避免这么做。媒体常用"自然"来要求演员，演员也常以此作为目标。但这是大错特错的。演员需要的是真实。

自然与真实有什么差别？自然是普遍的，真实则要求具体。斯特拉斯伯格很久以前（去演员工作室①之前）在他的私人课堂上举了一个例子来说明真实和自然有什么不同。我在这里转述一下：

假设你要拍一部电影——比如关于迈克尔·霍华德的——你把他从早上睁开眼睛到晚上上床睡觉再到天亮的24小时内所做的每一件事都拍下来，那么不会有任何一个时刻是假的。（最好是迈克尔不知道有人在拍自己。）这就是自然主义，这部片子可以叫《对迈克尔·霍华德的自然观察》。接

---

① 演员工作室（Actors Studio），1947年由伊利亚·卡赞（Elia Kazan）、克劳馥和罗伯特·刘易斯（Robert Lewis）共同创立于纽约，以对方法派的完善和教学闻名。斯特拉斯伯格自1951年起担任该工作室的艺术总监，直到他1982年去世。

下来，如果有人从这部片子里选出15分钟——用理解力、判断力和品味选出可以准确而完美地勾勒出迈克尔·霍华德这个人的15分钟——那么，哪部片子更诚实呢？是24小时的还是15分钟的？哪个更真实？我想，毫无疑问，15分钟的片子更真实、更重要，也更能抓住重点、更能准确地反映出迈克尔·霍华德是个什么样的人。当然，换一个艺术家来选择，这15分钟可能就会非常不同，会创造出另一个非常不同的真实，或者说一种不同的真相。这就是演员所做的事，也是导演、电影剪辑、画家所做的事——每个人都在选择具体的细节，挑出那些能够构成真实（而不是自然）和真相的元素——这就是艺术。

真　相

等一等。我说的这个"真相"到底是什么？你怎样在自己和你的角色身上发现这个"真相"？怎样才能找到它？

我想跟你们分享我的经验，这些经验让我学会了如何发现和揭示个人真相。不过这只是我个人的经验。我想每个艺术工作者都能理解这回事，但实现的方式各不一样。

在佛罗伦萨，去学院美术馆看米开朗基罗神圣的雕塑《大卫》的时候会看到大厅里还有其他四座他的雕塑。后人推测这组雕塑是未完成的作品，它们表现的是四个奴隶被困在石头里，想要挣脱出来。米开朗基罗说他们从来都在石头里，他只是移走了一些大理石，好让他们显露出来。这些最终得以展露在我们面前的体格遒劲、努力挣脱的形象原本就一直存在着。在我看来，米开朗基罗使用锤子和凿子的过程正是对演员表演过程的恰当比喻，两者的本质都是让事物展露出来。自然，当石头被充分开掘，真相得以完全展现时，艺术家的作品就是"大卫"了。

对于演员来说，这是一个有趣的想法：那个角色或者那个时刻本就在你的身体里，只等着你将之呈现出来。有时候，你不是一个好的雕塑家，不知道应该凿掉哪些部分来让作品展现出来。有时候，你不需要付出太多努力，只是凿下一些碎片，作品就出来了。揭示的过程有时难有时容易，但不变的是，你要意识到那个等待被揭示的东西就在你的身体里，召唤着你赋予它生命。一个艺术家（演员）所追求的真相——角色的真相、关系的真相以及情境的真相——就在那里、在文本里，在演员身上。演员的工作就是把这个真相解放出来。

目 的

演员在成熟的过程中会想要熟悉并且能够调用自己或好或坏的各种气质，比如敏感、共情、愤怒、幽默、莫名的恐惧、勇敢，甚至智慧。所有这些都是表演才能的必要部分。难的是知道怎样调用它们，而且是在舞台上根据需求调用，将它们融入戏剧的形式中。也就是说，把它们变成艺术。

没有技艺，才能就什么都不是。艺术需要技艺，而技艺需要经年累月的艰苦练习。技艺需要放松后的力量，需要发达的专注力，需要耐力，需要演员的意志，需要自我觉察——

还需要阅历。演员工作的确需要时间的积累,而且要有揭开秘密的意愿——还需要实践。演员必须表演。最后,或许也是最紧要的,演员必须有目的。

目的就是引诱你投身演艺生涯的那个东西。目的把通往其他方向的门关上了(或者只留了一点缝隙)。目的是一条道路,没有路标且充满挑战,指向你演艺生涯的梦想之地。尽管你对未来满怀期望,这条道路却只在你面前伸展出一些模糊不清、变幻莫测的幻影。这个目的,或者说演员心心念念、梦想着的这个东西,是你职业生涯的内在动力——演员一定不能丢了它。你在这条道路上会走冤枉路,会走错方向,会不可避免地走岔路(这些岔路有时似乎没有尽头),还会遇到不得不冲破的障碍。而目的能够让你坚持下去。这意味着你可能会参演一部没有报酬且平庸的戏,但它有一个能够给你一些挑战的好导演。这意味着你可能会接一个演员阵容不怎么样、导演也很挑剔的戏,但剧作本身很棒,而且有一个充满挑战的角色能激发你的表演潜能。不过也许最重要的是你会找到志同道合的同人,他们能满足你的求知欲、激发你的热情,这会帮你坚持下去。

这样,当你扮演一个角色的时候,你自然会有目的,也就是对艺术的期待。你的脑海中会有一幅画面,里面是那些让你感到兴奋的东西,是你的角色具体呈现出来的样子。让自己保持开放,去探寻那些还不明确的东西,去迎接那些突如其来的对立看法——它们可能会带来非同寻常的惊喜。目的是通往意外答案的敲门砖。寻求这个答案的过程是艰难的,会有沮丧甚至无望,也会有欢呼的时刻——庆祝、狂喜,甚至是片刻的自恋。(就像莎士比亚在《亨利五世》第二幕第四场中写到的:"我的好国王,自恋跟妄自菲薄比起来还不算太坏。")

现实世界

现在,让我谈点实际的。把理论放在一边,把哲学放在一边,把美学意图也放在一边。目的必须考虑到现实世界:谋生,成家,过体面的生活。演员每天只要一睁开眼睛,每分每秒真正想要的都是有戏可演——任何一种表演,以任何形式,在任何地方,通过任何媒介。这简直就是演员这个职业的标签。为了面包而表演,没错。也为了成长和发展而表演。

职业演员的目的或者说梦想,应该包括所有那些最好的东西。我指的不是成功和掌声,不是托尼奖和奥斯卡小金人,我指的是戏剧所能给我们带来的那些最令人兴奋的挑战。当一个非常年轻的演员内心最初生出想要"表演"的冲动时,她会想象自己能够变成自己想要成为的不同情境中的不同的人,无论年老的或年少的、危险的或崇高的、淫荡的或"圣母"般的。当这个年轻的演员去学校正式学习表演(或者没有去学校,而是早早就去了好莱坞或纽约)时,她将仍会记得并且坚守内心这股最初的强烈冲动。

然后,现实世界扑面而来。她仍然想要演所有那些最好的戏——埃斯库罗斯、莎士比亚、易卜生、莫里哀、诺埃尔·科沃德(Noël Coward)、田纳西·威廉斯(Tennessee Williams)——

仍然想要变成不同的角色，无论是在戏剧、电影还是电视领域，但此时最重要的是开启职业生涯，挣钱让自己活下去。"《哈姆雷特》里的奥斯里克，在车库里演出，怎么样？"（没错，凭什么女人不能演奥斯里克？）"不用了，谢谢。我在《法律与秩序》里拿到了一个角色，有五句台词，够我付一周的房租呢。"当然，你必须这么做。但这不是你从事这一行的原因。下一次，要去演奥斯里克。演一个非同寻常的、闪亮的、有血有肉的奥斯里克，让观众笑得合不拢嘴。这才是你做演员的原因。你难道忘记了吗？

这时，一个年轻、有才华而且帅气的男子可能会站起来说："对不起，先生，从一开始我就只想要成名，想要接一个长期的广告代言，或者在一部晚间档剧集里演一个长驻角色，比如一个警察，然后挣很多的钱。"我会说："祝你好运，祝你一切顺利。你找到了自己想要的东西，这多么幸运啊。我希望你能够得偿所愿。"我是说真的。他想要的东西是有价值的，也是坦荡的，值得他那样做。

不过，如果你是因为别的一些需要，或者说是因为对另一种生活的憧憬而进入这个难以撼动的行业的，那么你必须为之奋斗，必须坚持到底。为了目标努力奋斗，正是奋斗的这个过程最终会让你感到充实和满足。没有什么现成的路标，一切都需要你自己去创造。

02　社会变革中的技巧、风格与方法

在戏剧界，1914年在百老汇舞台上，在全美国乃至整个西方世界的热门剧院里赢得观众和评论家掌声的那些戏，今天理应遭到嘲笑。那些故事全是肤浅的情节剧，充斥着恶棍、英雄和圣洁的孩子，结局总是皆大欢喜。不难理解，观众想看漂亮的画面，想看"善有善报，恶有恶报"的理想世界，而不是他们身处的那个每天工作12个小时、童工遍地的现实世界。他们想看童话故事。他们想要动情地哭一场，而不是接受残酷现实的打击。那时候在纽约，戏剧有意忽视了在百老汇往西一个街区存在着一个"地狱厨房"①的现实世界。

那时候的表演同样流于表面，一种表象式的、图解式的表演方式风行世界。这种表演方式来自德尔萨特表演方法②，这种方法为每一种情感都规定了精确的身体姿势。比如，经过练习，每个人都可以用一样的姿势来表达心碎或者义愤填膺。

---

① "地狱厨房"，即克林顿社区，位于曼哈顿中城西区，曾是爱尔兰移民聚居的贫民窟。
② 德尔萨特表演方法，也叫德尔萨特表演体系，19世纪法国表演教师弗朗索瓦·德尔萨特（François Delsarte）通过观察人体动作表现与内心活动的相互关系发展出的一套高度精确的姿态、动作、声音和语调变化系统，旨在提高戏剧和音乐表演者的表现力。

也有一些不错的演员找到了有创造性的独特方式来表现人的行为，而这些时刻被称为"重点"。比如，有的演员会用一些有创意的方式表演下跪或者拔剑，这些"重点"会被评论家大加书写和赞誉。不论德尔萨特关于内心情感经验的形体外化的研究有什么价值，他的方法在舞台上创造出来的都是木偶，而不是鲜活的人。德尔萨特的探索是有益的，然而却弊大于利，因为他的方法很快在全世界被广泛接受，并且被传授得乱七八糟，最终不可避免地夸张变形——作为一种"方法"，德尔萨特也未能避免这样的命运。

所有戏剧都是相应时代的社会产物。当社会发生变迁，戏剧也跟着变迁；当社会想要遮掩什么，戏剧也会跟着遮掩。不过也有例外。有些戏剧就要求我们去看并且去体验（甚至是嘲笑）现实世界，然后改变它。这些例外给我们提供了一种方式，让我们更加了解我们自身，了解我们想要成为什么人。比如萧伯纳、易卜生、契诃夫、斯特林堡的戏剧，也包括一些演员，比如杜塞、夏里亚宾、萨尔维尼、勒加利纳、巴里摩尔和布思[①]。

在表演界，争论一直没有停止过，推动变革、破旧立新、煽风点火，几百年来催生了无数学术著作。说来让人难以置信，争论围绕的是演员的表演过程：演员应该运用艺术和想象力去表现或者说图解出一个遭受情感创伤的人的完美形象

[①] 费奥多尔·夏里亚宾（Feodor Chaliapin, 1873—1938），俄国男低音歌唱家。托马索·萨尔维尼（Tommaso Salvini, 1829—1915），意大利演员。伊娃·勒加利纳（Eva Le Gallienne, 1899—1991），英裔美国演员、制作人、导演。埃德温·布思（Edwin Booth, 1833—1893），19世纪美国最伟大的演员之一。

吗？又或者，演员应该试着去体验情境和人物关系，从而用同样的艺术充分实现所要的结果吗？应该说，体验并不意味着把剧本里所写的直接搬演出来，而是要理解、再现并且内化那个驱使角色行动的更大的真相。这个争论可以一直追溯到几百年以前，甚至是詹姆斯·奎因（James Quin）之前。奎因是18世纪一个严格遵从古典主义的舞台明星，他看到一个新演员戴维·加里克（David Garrick）在尝试朴素的自然主义方法时说了这样一句名言："如果这个年轻的家伙是对的，那我们就都是错的。"奎因的假设没错：他确实错了。到18世纪末，争论在约翰·菲利普·肯布尔（John Philip Kemble）和他的姐姐萨拉·西登斯（Sarah Siddons）之间继续着。约翰是一个杰出的"表现派"演员，萨拉则是一个"体验派"演员（也是当时最受尊崇的艺术家）。19世纪上半叶，埃德蒙·基恩（Edmund Kean）追随萨拉的脚步，在"亲身经历"的层面上走得更远：他用极其真实而且强烈的情感震惊了观众——有人甚至晕倒了。

到19世纪末，康斯坦丁·斯坦尼斯拉夫斯基（Konstantin Stanislavski）对德尔萨特表演方法和那种图解式的表演提出了质疑，因为他看到就连俄国剧院里最有才华的演员都在这么演。于是他开始研究那些"例外"，也就是那些在舞台上仿佛在亲身经历、体验而不是在表现的伟大演员是怎么完成表演的。为了更好地理解他们的表演过程，进而设计一个可以让所有演员受益的体系，他细致地研究了他那个时代的伟大演员，像杜塞、萨尔维尼,还有其他很多造访过莫斯科的演员[1]。自此,斯坦尼斯拉夫斯基毕生都致力于发展这个体系,而这个不断进化的体系的核心,是研究形体动作以及将情绪记忆转化为可实现的任务的各种方法,同时要求演员完全处在情境的当下,用情感和身体去感受剧作家所写的那个经过提炼的假想世界,永远不要去表现或者图解情感的真实。

我在前面说过,表演的风格是变化的,因为它会受到我们所生活的社会的影响。戏剧对演员的表演方式的要求本身也在不断变化。斯坦尼斯拉夫斯基体系花了20年时间才进入美国,开始它翻天覆地的变革,直到今天它还在不断演变着。那是在第一次世界大战和1917年俄国革命之后,莫斯科艺术剧院在1922年来美国巡演,这场划时代的变革才开始在美国戏剧中落地生根。这场变革是从理查德·波列斯拉夫斯基[2]开始的,1923年他在纽约创建了美国实验剧院。不过,虽然经过波列斯拉夫斯基的推广,斯坦尼斯拉夫斯基的方法并没有得到广泛的传播,也还没有对美国戏剧界产生真正的影响。

1929年,大萧条来临。所有我们对自己的认识都宣告坍塌,所有我们以为自己已经实现的成就都在我们眼前化为泡影。取而代之的是全新而且残酷的现实:罢工与反罢工、失

---

[1] 见[苏]斯坦尼斯拉夫斯基《我的艺术生活》,波士顿:利特尔&布朗出版社,1924,第463页。Stanislavski, Constantin, *My Life In Art* (Boston: Little, Brown and Company, 1924), p. 463.——原注

[2] 理查德·波列斯拉夫斯基(Richard Boleslavsky, 1889—1937),波兰裔美国导演、演员、表演教师,其著作《演技六讲》(*Acting: The First Six Lessons*)已由后浪出版公司出版。——编注

业、挨饿、贫穷。于是戏剧艺术家们，尤其是剧作家们，对这个艰辛、肮脏、波澜壮阔、令人痛苦的新世界做出了回应。演员们不得不学会以不同于以往的方式来表演，把自己和日常生活中那些令人不快的真相联系起来，并把它们揭示出来。美国实验剧院的一些成员（包括斯特拉斯伯格和克勒曼）创建了同人剧团。同人剧团不仅主张用戏剧反映这个新世界，而且主张研究和实践斯坦尼斯拉夫斯基体系，从而反映甚至影响这个世界。克利福德·奥德茨[1]当时是同人剧团的一名演员，他开始创作剧本来真实地反映这个世界。克勒曼、斯特拉斯伯格，还有斯特拉·阿德勒[2]、迈斯纳、博比·刘易斯[3]和莫里斯·卡尔诺夫斯基[4]，他们都将这种新的工作方式融入了自己的职业生涯。作为演员、教师和导演，他们对后来的戏剧艺术家们产生了重大的影响。

然后，新技术出现了

……新的世界，等着演员去发现。

1923年，也就是波列斯拉夫斯基创建美国实验剧院那年，无线电广播已经普及开来。也是在那一年，电影找到了自己的

---

[1] 克利福德·奥德茨（Clifford Odets，1906—1963），美国剧作家、导演。
[2] 斯特拉·阿德勒（Stella Adler，1901—1992），美国演员、表演教师，其著作《表演的艺术：斯特拉·阿德勒的22堂表演课》（*The Art of Acting*）已由后浪出版公司出版。——编注
[3] 即罗伯特·刘易斯。
[4] 莫里斯·卡尔诺夫斯基（Morris Carnovsky，1897—1992），美国演员，同人剧团的创始人之一。

声音:"对白片",也就是最早的同步有声电影诞生了。它的兄弟电视则要等上几年,直到1927年才算正式诞生,然后又过了20年才真正投入商用。在表演这个行业的漫长历史中,20世纪20年代在声音的运用、身体的运用,甚至内部技巧的运用上发生的变化比其他任何10年都要重大。

有声电影出现之前,还在新兴期的电影想要演员能提供的一切,唯独不需要声音——想想查理·卓别林和巴斯特·基顿(Buster Keaton)那绝佳的身体表演。然后广播来了,它想要的却只有声音,演员漂亮的长相和经年累月练出来的身体技能都不被需要了。突然间,演员走上了只依靠声音的职业生涯。我接的第一份商业演出工作就是在电台。那是在1940年,当时我需要得到一些指点,就跑去找诺尔曼·罗斯(Norman Rose)。诺尔曼是一个很棒的舞台演员,但那个时候他把职业重心放在了电台上。我问他:"怎么做?这个工作我该怎么做?"他的回答非常简洁:"就当成你是在给一个小孩讲一个好听的故事,尽可能把它讲得像真的一样。"在观察像诺尔曼这样资深的电台播音员工作时,我也发现,虽然这个媒介"只"需要声音,但这不代表演员身体的其余部分没有跟着动。电台节目不需要演员记台词。剧本拿在手上,麦克风在面前,音效技师就在旁边,诺尔曼的身体却总是会不自觉地参与进来,帮助他完成表演。

有声电影的诞生带来了巨大的变化。前一个10年的伟大影星们不得不偃旗息鼓,起程寻找另外的职业道路,因为他们的声音和他们的长相太不协调了。嗓子尖细的男一号和有异域风情却操着市井口音的女演员从此失业了,而有对白的片子——后来被叫作"电影"的东西——却由此开启了自己的时代。

在表演界,最里程碑式的挑战或许就是随着电影工业的发展而出现的。新的职业生涯纷纷开启。电影导演成为一个新的职业,而电影行业是属于导演的。许多没有进过戏剧界的人抓住电影这种新的媒介,开始发展它。这意味着,演员又一次不得不去适应。

那么电视呢?

我是和电视一起成长的。1947年我加入演员协会时,这种新媒介才刚刚走出实验室。20世纪40年代末期,纽约本地的杜蒙电视网,以及哥伦比亚广播公司(CBS)和全国广播公司(NBC)都开始制作通过这个新"东西"现场直播的节目,并为此聘用演员。对于我们中的很多人来说,这意味着在纽约有收入来源了。这种节目是现场直播的,很刺激,但也很粗糙。打个比方,就像是外外外……外百老汇。当然,那时候电视机也很少见——即使到了50年代,人们还是会聚集在摆着电视机的商店橱窗前收看重要活动的转播。我认识的所有人家里都没有电视机,所以不管是我自己还是我的朋友或家人,都看不到我在电视上的表演。不过这样大概也挺好。

杜蒙电视网有一档系列剧叫《巴克·罗杰斯在25世纪》,[①]我在里面演了一个火星人。剧组里至少有一个我的粉丝,这么说是因为他们三次雇我演这个角色——或者也可能只是因为我适合那身打扮。"现场直播"的电视节目,所有的失误观众都能即时看到。但是很快,它就像很多衰败的社区一样,一些有创意的人搬了进来,为它打开了新的大好局面。一些好编剧进来了,比如帕迪·查耶夫斯基(Paddy Chayefsky)、罗德·塞林(Rod Serling)和诺曼·科温(Norman Corwin),然后是一些好演员,比我好得多、经验丰富得多的演员被吸引了进来。不断实验、试验、失败、成功,50年代是一个激动人心的时代。电视兴起的那些年就像是一所学校,每个人都从中受益匪浅,无论是音响师、灯光师、摄影师,还是编剧或导演。西德尼·吕美特(Sidney Lumet)那时候已经是一个知名的年轻演员,他辞掉了在表演艺术高中的教职(接任的人是我),去一家电视公司做了副导演——有求知欲的戏剧从业者有必要了解这种新的媒介到底是怎么回事。

尤其是演员,他们必须跟上每一种新事物的步伐,这就意味着他们要了解镜头,或者说忽略镜头的存在,而这并不容易。我们这些在即兴戏剧表演的训练中成长起来的演员是幸运的,因为电视直播也没有停顿、没有重演。这很叫人激动。像现场的舞台演出一样?并不是。布景很小,机位的运动比较受

[①] 此处疑似作者记忆有误。名为《巴克·罗杰斯在25世纪》(Buck Rogers in the 25th Century)的电视剧1979年开播、1981年停播,由环球公司制作、NBC发行。而在文中所说的时代,美国广播公司(ABC)制作过一部同题材的电视剧《巴克·罗杰斯》(Buck Rogers, 1950—1951)。

限,每个人、每件事都显得急急忙忙。那时候的电视直播节目没有换场。我记得有一次我的角色中枪了,我躺在地上不动,镜头切换到一个只有32秒的过场戏(一个人把我中弹的事情告诉了我母亲)再切回来的时候,就是我躺在医院的病床上。当时险些就穿帮了:我根本来不及脱衣服,爬起来就跳上床,钻进了被子。

接着,就是发行公司的天下了。他们被新鲜刺激的电视媒介所吸引,想着怎样才能吸引最多的观众来看他们的肥皂剧。按他们的逻辑,他们自然不愿意冒险,不想做任何可能令人不安的事情。严肃的写作、有挑战性的点子、有失败可能性的尝试,他们都不感兴趣。此时,电视这种媒介属于制片方和他们的广告商。不过,有创造精神的人一直在尝试。这种媒介本身以及随之而来的众多新技术的挑战都是不可阻挡的。这也意味着,演员和编剧们有收入来源了。

到了50年代,黑名单①来了。这份名单和随之而来的一系列事件不仅摧毁了许多人的生活和事业,也摧毁了电视行业:那些意志坚定、打破常规的编剧,还有所有那些依赖他们而生存的人,在数年时间里都失去了这样一个施展创造力的舞台。而那些没有上黑名单的编剧也开始自我审查。别惹事。把头低下来。小心,再小心。电视行业成了一片荒漠——当时

---

① 黑名单,指好莱坞黑名单,实际上是一份娱乐业黑名单,生效于冷战初期,20世纪50年代执行最为严格。该名单牵涉众多娱乐业人士,他们被美国政府认定或怀疑有政治问题,因而被禁止从业,有的甚至终身被禁。

人们就是这么形容它的。直到像爱德华·默罗①这样的新闻记者站出来勇敢而客观地讲出真相,电视行业和这个国家才开始重回正轨。

不过,凡事总有一些非同寻常的例外。一些杰出的演员虽然戴着愚蠢的镣铐,仍然跳出了绝美的舞蹈(他们总是能够做到)。尤其是喜剧演员,他们在喜剧编剧的帮助下开始做自己的电视节目。他们让电视有了"姓名",有了一个存在的理由。杰基·格利森(Jackie Gleason)和露西尔·鲍尔(Lucille Ball)通过电视带给我们欢乐。有几个喜剧演员,像斯马瑟斯兄弟和"罗恩与马丁",②他们试着掀起一点波澜,在内容上做一些大胆的尝试,却被封杀了。总的来说,电视之于喜剧演员,相当于电影之于卓别林和基顿。它所做的,就是歌舞杂耍表演在19世纪或者广播在20世纪早期所做的:一周又一周地把这些了不起的天才带进了千家万户,创造了一种平易近人而且生动的娱乐形式。

有线电视的发明又给电视行业带来了巨大的变化。天雷滚滚,新的浪潮汹涌而来。机遇无处不在,当然风险也一样。时代的缰绳再一次回到了优秀编剧的手上,他们的才能得到了解放。有史以来第一次,电视坚决要求被看作一种严肃的媒介,供那些最有创造力的人施展才华。不仅是编剧和制片人,

---

① 爱德华·默罗(Edward R. Murrow, 1908—1965), CBS 广播记者、播音员,美国广播史上的著名人物,也被誉为电视新闻的先驱。长期与麦卡锡主义做斗争,备受赞誉。
② 斯马瑟斯兄弟,民谣歌手兼喜剧演员托马斯·斯马瑟斯(Tom Smothers)和理查德·斯马瑟斯(Dick Smothers)的兄弟组合。罗恩与马丁,喜剧搭档丹·罗恩(Dan Rowan)和迪克·马丁(Dick Martin)。

还有那些最好的演员，他们在优质而且充满挑战的故事中和其他好演员一起寻找创作的快乐，他们有从容的时间一周又一周地打磨角色、挖掘角色之间的关系。曾经只有在剧院里，在鲜活的舞台上，演员们才能一起在创作中生活、成长，质疑那些旧的想法或者挑战现状。而现在，有线电视和随之而来的新技术宣誓了主权。对于演员来说，这是一个令人兴奋的时代：审美追求和曝光率可以兼顾，而有线电视公司也愿意花这个钱。

不过，尽管电视（以及电影）的发展带来了所有这些令人兴奋的新可能性，我们必须明白，这些新技术并不受演员支配。演员是一个必要的部分，然而这些媒介不属于演员。电影是属于导演和剪辑师的，甚至编剧也往往排不上号。很显然，在电影行业，一直都有优秀的编剧和导演创作出深刻而有趣的作品，演员能够感觉到自己对作品做出了很大的贡献，但这种媒介并不属于演员。在电视行业，编剧的地位开始得到提升，但仍然无法跟技术人才和导演相提并论。演员并不是聚光灯的唯一中心，他们必须明白，其他创作者，比如导演、剪辑师、摄影指导等会从演员提供的所有素材中选择那些他们——不是演员自己——觉得更好的内容和时刻。而由其他创作者选中的这个演员的这些片段将会永久地留存下来。

只有现场的戏剧是属于演员的。只有在剧院里，到了晚上8点，场灯暗下，坐在台下的每个人，包括导演、制作人、编剧都清楚，接下来是属于演员的时间。我们演员自己也清楚。这种媒介、这个晚上，是我们的。比起有线电视节目、电影和动画，戏剧有一样独一无二的东西能够改变所有的规则，让所有人安静下来并且心跳加速，那就是——现场观众。在活生生的观众面前，演员在这个晚上要做出所有的选择，不论是好是坏。在那 90 分钟（往往还会更长）里，演员和观众之间没有任何阻隔。观众们经历着演员正在经历的，感受着他的快乐、他的痛苦甚至他的愚蠢——这种体验不是发生在别的任何时刻，而是就活生生地发生在此刻。每一个晚上，活生生的舞台都在赋予演员潜能，让真相发展直至显现。

但是，不论哪种媒介，不论什么技术要求（不用声音或只用声音讲故事，不用身体或只用身体讲故事），不论哪个历史时期，不论观众的需求发生什么变化，演员还是必须在工作中运用他的一些基本工具：想象力、感受力、神经系统、逻辑能力和对真相的感知能力。超出我们想象的新事物仍然会不断出现，新的技术和新的社会运动仍然会让表演发生改变。演员必须再次适应，而他们是能够做到的。

03　长路上演员的孤独[①]与对团体的需要

很多人、各种各样的人都认真看待戏剧这件事，指望把表演当作毕生的职业。有些人非常勤奋地训练、努力地表演，而且能够得到一些角色，甚至是一个重要的角色，并有可能从此一飞冲天……然而没有。然后在某个时刻，也许是在被失望和小小的成功来回折磨了两三年之后，也可能是为了在演艺生涯中获得一些发展来到纽约五年之后，某一天在餐厅兼职的时候他悲从中来，终于厌倦了这样的处境，心想："这简直糟透了。我想过正常的生活，我干不下去了。他们不给我机会，他们不要我。"他还想："我可以去做别的事，我马上就要去。我以为我可以成为一名演员，但是成不了我也不是很在意了。我想过一种正常的生活。"然后这个演员就离开了。而这个离开的人往往是一位非常棒的演员，本应该得到鼓励，本应该有戏可演。

[①] 长路上演员的孤独，戏仿英国"愤怒的青年"派作家艾伦·西利托（Alan Sillitoe）的短篇小说《长跑运动员的孤独》（*The Loneliness of the Long-Distance Runner*）。根据该小说改编的同名电影（*The Loneliness of the Long Distance Runner*，1962）是英国"自由电影"运动名作。

还有一种演员，同样是在这种没能出头的处境下，他却想："我不在乎，我就是要做这一行。这就是我。不管情况是好还是坏，是有戏演还是没戏演，是给人上菜还是给人上酒，我都不在乎。这就是我能做的，我过得挺充实。我不会放弃的。不管有没有得到认可或所谓的成功，我都会演下去。"

这就是走在长路上的演员，孤独是不可避免的。在我看来，没戏演的演员是这个世界上最孤独的人，因为他是如此迫切地渴望别人给他一个演戏的机会。我相信对于大多数从事表演的艺术家来说都是这样。对于大多数从事其他职业的人来说，找工作的时候最先考虑的是薪酬——有时候这甚至是唯一的考虑。当然，演员也想要薪酬（也想要高薪），但他最先考虑的是有戏可演，而这可能意味着没多少钱可挣，甚至一分钱也没有——但毕竟有戏可演。有戏演的时候，那种独属于演员的孤独就暂时烟消云散了。在漫漫长路上，演员想要并且也需要他们曾经体验过的一样东西，那就是社群：一帮演员一早聚集在排练室，坦诚地一起从事创作。在其他职业中或许也会有类似的情况，但对于演员来说，社群就是他的生活。而且，演员只要体验过这种社群生活的乐趣，这就会成为他继续走下去的重要理由之一。

家　人

1967年感恩节，我和我的妻子贝蒂在家准备我们的节日正餐。我们决定邀请一个老朋友露丝·曼宁（Ruth Manning）。

露丝是个优秀的演员,那时候她刚离婚没多久,在纽约没有家人。她有一个戏正在百老汇上演,叫《你知道有水流声的时候我听不清你说话》(*You Know I Can't Hear You When the Water's Running*)。感恩节当天没有午后场,我们可以中午吃正餐,然后肯定可以让她赶上晚上的演出。完美,她会很乐意的。

可当我跟她通电话时,她说:"哦,谢谢你,迈克尔,不过我要和我的家人一起过感恩节呢。"家人?我知道她在纽约没有家人。"不,亲爱的,我指的是演出,我们剧团的大家庭。"她选择和演员同事们一起过节,而不是认识了 30 年的老朋友。露西[①]的回答让我无言以对。家人的概念、把剧团当作家,还有这种概念所暗示的亲密关系——我意识到自己其实也有过这样的经验,却从来没有仔细想过。

这种"家人"般的联系可能是从排练的第一天开始建立的。从那个时刻起,一群演员被某个人召集到一起,要在一段时间里共同创作一件艺术作品。接下来的几个月里,演员会发现自己生活中其余的一切都退居次席,哪怕他只是在这部作品里演一个小角色。演员们一起开始工作之后,彼此之间会发展出一种全新的关系。演员回到家里,妻子或丈夫会试图去理解这种关系,但并不容易。演员埋头在剧本里,排练厅成了他生活的中心。他很难不把剧本里那个假想的世界带回家,尤其是当他离自己的角色越来越近的时候,他就像是

[①] 露西,露丝的昵称。

生出了新的人格一样。

好的演员（不好的演员也不值得谈）会全心投入地去揭示最隐秘的自我。在排练中，演员之间信任的纽带开始建立。在其他的生活情境中，建立这样的信任需要几个月甚至几年的时间，而现在必须在几周甚至几天内完成。时间总是有限的，在一分一秒地溜掉。在这几周里，他们发过脾气，产生过敌意，流过眼泪，而只有这个屋子里的人才能理解的玩笑又让他们开怀不已，友情从此相伴一生。这种关系远远超出了简单的工作关系。最后，一个大家庭诞生了，大家将一起面对观众的终极检验。

这些陌生人——屋子外面的人——成百上千，他们走进剧院坐下来，随后会讨厌或者爱上这个团队，也会给他们以新的启发。当然，演员的工作在演出中会继续。好的演员会继续他们的探索之旅。他们必须继续不戴面具，挑战自我。尽管有时候会很紧张，心跳变得很快，身上出太多的汗，但演员要做的就是继续这项创造性的工作。在演出中（如果不是更早的话），演员会意识到自己对其他演员是多么依赖；当自己（或者某个伙伴）不负期望地引起观众的大笑时，那种感觉是多么幸福；当第一幕结束，全场爆发出热烈的掌声时，自己又是多么按捺不住内心的喜悦。他对自己说："别受影响，好好完成表演。"是的，没错。不过这天晚上，面对台下的这些陌生人，风险更加真实，回报也更加丰厚。和排练时确实不一样。

在一部戏的演出中，演员们生活在假想的情境中，相互之间建立起来的情感联系是令人惊叹的。那些假定情境中的斗争、相爱、相互伤害，也就是演出中的跌宕起伏，对于那些时刻处在舞台状态中的好演员来说可能比现实更有真实感。

然后场灯突然亮了，演员们猛地被拉回到现实中，精力仿佛被抽干了一样——有时又很兴奋——情感的储藏室空空如也。这样的夜晚，在回家的路上，那些内心深处的感受、那些无意识的恨意、那些不加掩饰甚至莫名的反应常常很难控制。这时，演员经常需要赶紧和一些伙伴去喝一杯，来帮自己从演出的状态中冷静下来。

排练和演出一部戏是一种独特的共同活动，不同于其他任何工作经验。不同之处在于，演员在表演中所做的有时候是违背自己意识的无意识反应。不同之处在于，演员有时候必须卸下情感的伪装，而演员总是害怕失败，总是要在陌生人面前表演——每晚都是同一部戏，每晚却又有着无法预期的不同。唯一确定不变的就是演员需要依赖伙伴，向他们慷慨地交出真实的自己。这样的联系是永生难忘的。这种依赖感、这种在表演中建立起来的联系有时和战友关系有几分相似，不过也不用刻意做比较。对演员来说，他们在职业生涯和创作生活中是相互依赖的，如唇亡齿寒一般紧密。从第一次排练到最后一次演出，整个过程中，演员们就像战友一样，他们知道自己必须完完全全地信任和依靠彼此的技能。

在排练和演出的这些日子里，是这种共同的努力和情感的共鸣创造了这样一个团体。这种感觉在或不在，演员们都能感觉到。如果没有形成凝聚力，没有团体的感觉，他们马上就知道，而且知道这会有多么糟心。当一个有凝聚力的共同体形成时，他们也知道那种感觉是多么让人兴奋。一个健康有效的团体会了解和接受个体的重要性，因为个体会影响到整个团体，也就是说，当个体感到快乐时，这种快乐会感染甚至改变其他个体。而所有这一切都是为这部戏的上演服务的：让编剧想象出来的这个世界真正获得生命。这种对于团体的渴望，以及时而出现的身体上和精神上的快感，是演员（艺术家）工作下去的动力——哪怕台下的观众毫无反应。遗憾的是，演出无论多么令人兴奋，戏终将落幕。往往还没等人回过神来，最后一场的告示就贴出来了。演出结束了，大家庭也散了，每个人继续踏上各自的旅途。孤独卷土重来。

　　演员需要工作。一个演员急着想要开始工作可以有很多原因，比如要生存，要做出一份事业，要表达内心的情感或者创作的欲望。演员的工作有不少是必须单独完成的。不过我认为演员内心最强烈的愿望之一，就是想要再一次成为这种表演大家庭的一分子。在我人生中的某些时刻，我开始发自肺腑地感觉到，事实上我一直是一个更大的团体的一分子，这个团体就是整个表演界。但我不确定这种感觉是从什么时候开始的。不管人们对斯特拉斯伯格做出的贡献有什么争议，没有人会质疑他让所有追随他学习表演的人对这个职业有了一种自豪感，而且让我们为这个职业的历史感到兴奋。也许这就是当时我所感受到的。也许就是在我加入演员协会拿到会员证的时候。这是一种认可：我成了这个有5000年历史的团体中的一员——而且现在依然是。

成 功

在每个团体、每种文化中,都有关于"成功"的问题。在我们表演专业中,成功是什么?什么时候才能成功?成功是怎么定义的,又是谁定义了它?

通常来说,演员的成功可能是同行和大众的认可。随之而来的是经济上的回报,甚至还有那些著名的奖杯。更具体地讲,是某个比较难的角色得到了评论界的赞赏,让演员的职业生涯往前走了一步(然而可能没有多少钱,也没有奖杯)。这些加起来就成了重要的、有意义的、实实在在的成功,直白地讲,这就意味着会接到更多的戏,对下一年的担忧可能会少一些(但不管今天得到了怎样的赞赏,担忧也从来不会真的停止)。

不过也有其他形式的胜利,虽然没有那么明显,但特别能带来满足感。如果幸运,也许有一天你接戏将不再需要通过试读和试演。他们看过你的作品,知道你就是他们想要的。这就是真正的幸福了。而更幸福的情况是,他们会说"找一个××(你的名字)那样的",因为他们知道,这时候的你已经不会想要接这么小的角色了。

然后就是表演行业(相对于表演艺术来说),这一行自有它的成功。找一个顶尖的经纪人,这很重要。接一个有很多"戏份"的全国性的广告,好几个月的房租可能就解决了。更好的活儿可能是在一个长期连播的剧集里演一个小角色,这种剧集一重播就是好几年,你的孩子上大学的钱可能就解决了。

这不是你选择在演艺行业奋斗一生的原因,但也是某种意义上的成功。

简洁有效的答案

对于演员(艺术家)来说,还有一种成功是更为内在的、私人的,能带来一种隐秘的满足感(对于任何领域的任何一个艺术家或行家来说都是这样)。有些时候,演员在角色的一些方面迟迟不得要领,屡屡碰壁;也许他心里清楚地知道这个角色和其他角色的某种关系应该是怎样的,但就是像捉迷藏一样怎么也抓不住。身边的人都在好意地跟他说"挺好的,你演得挺好的",但他知道还不够好。于是他不停地探索,尝试,检验。然后有一天晚上,也许是在首演之后(幸运的话,也可能是在首演之前),他终于找到了。一个清晰、冷静、简单的答案。而且,往往是一瞬的灵感,除了他自己之外,也许没有任何人能够领悟到,因为他是这个角色的一部分。这是一种非常真切的成功,而且有时候甚至足以改变他的表演方式。当一个演员揭开角色内心深藏的秘密与激情时,那种安静之下的战栗、那种从内心迸发出来的兴奋,一定和科学家突然发现了一种新方法时的感受有异曲同工之妙。也许之后不久,他和另一个演员出去喝一杯时会聊起这样的时刻,对方则会表示深有同感。这个简洁有效的答案正是我们在戏剧舞台上取得的胜利之一,它让我们能够在这个舞台上继续演下去。

迷　信

另一个让我们的演员团体凝聚在一起的是我们的神话、我们的一些久远的故事、我们的迷信。这些东西我们并不真的全信，但它们扎实地存在于我们的世界中，有些还流传了好几百年。有一些"必须做的事"，也有一些"不能做的事"。你可能知道，如果我们想祝愿一个演员首演顺利，我们会说"见鬼"或者"断条腿"。① 戏剧的魔鬼无时无刻不潜伏在我们周围，要是我们说了"祝你好运"，那家伙听到之后就会故意让事情不遂我们的愿。不要在开演之前送花。不要穿蓝色的衣服。（除非你同时也穿了银色！）也不能在剧场里吹口哨，因为舞台工作人员会理解成是撤掉布景的信号。在过去，失业的水手们会用比较夸张的方式装备船只，并通过吹不同调调的口哨来告诉彼此该上下移动哪些装置。所以随便一个口哨就可能会让舞台布景砸到某个人的头上。还有，也不能把帽子搁在化装台上（可能因为这意味着你马上就要走人了）。在整轮演出期间，永远不能说剧院"关门了"，因为我们害怕演出也会停掉，所以要说剧院"黑灯了"。也不能在化装室里打开雨伞（可能是因为坏天气意味着观众不来看戏了）。莎士比亚那出有名的戏剧，演员们从来不会直接叫它的名字，而是会叫

---

① "见鬼"（merde）是法语中常用的表达不满的感叹词，"断条腿"（break a leg）本意也是咒骂。二者在演员的迷信中都是故意说反话，前者多用于舞蹈演员之间，后者多用于戏剧演员之间。

它"那出苏格兰戏剧"①,因为要是叫了正式的名字,演出就一定会失败。还有,剧院没人时舞台中央要留一盏灯(叫"鬼火灯"),不然,那些遭到诋毁或者不被尊重的演员的鬼魂会出来大搞破坏。

传　统

最近,乔治·斯佩尔文②退出了历史舞台。好几十年来,他的非凡表演让全国各地成百上千家剧院的舞台更加光芒四射,常常是同一天晚上在不同城市演出,有时候只是一个龙套角色。(甚至是一只动物或者一具尸体!)他确实无所不在。现在他走了,甚至连一张讣告都没有,死得悄无声息,就像他生前一样。这是因为有一段时间,当一个演员被临时要求分饰两角,而第二个角色并不是他通过正式选角得到的,这个角色就会署名乔治(或乔治娜)·斯佩尔文。制作人们喜欢这种做法,因为这个人们熟悉的名字会让演员阵容显得更强大。而对于演员来说,这样能够非常彻底地改变和伪装自己,以免被人认出来。不过现在,演员们喜欢被观众知道自己分饰了两个甚至三个角色,乔治(或乔治娜)·斯佩尔文就退休了,而演员的多才多艺则得到了赞赏。

---

① 指《麦克白》(Macbeth),该剧背景为苏格兰。据说莎士比亚(或该剧的修订者)在剧本中真的引用了女巫的咒语,因而激怒了她们,导致该剧遭到了诅咒。
② 乔治·斯佩尔文,美国戏剧行业一个万金油式的化名,此外还有乔吉特·斯佩尔文、乔治娜·斯佩尔文。不过,自从20世纪70年代一部成人影片的女主演出于名誉上的考虑署名乔治娜·斯佩尔文后,这个化名就很少有人使用了。

1958年，拥有美国戏剧最伟大传统的同人剧团雇我去导演一部百老汇的戏《第三好的运动》(Third Best Sport)，主演是塞莱斯特·霍尔姆（Celeste Holm）。给我配的舞台监督是同人剧团最优秀的卡尔·尼尔森（Karl Nielsen）。卡尔在剧团已经工作了20年，给很多伟大的明星演员（比如凯瑟琳·赫本、露丝·戈登、塔卢拉·班克黑德、雷克斯·哈里森，等等）当过舞台监督。他是一个了不起的船长、一个作风硬朗的工头，而最重要的，他是一个传统主义者。每一次首演，总能看到卡尔穿着燕尾服坐在他的办公桌前。每一个晚上，在明星演员登场的第一时间，卡尔都会热烈鼓掌来带动全场的观众，避免他们陷入昏沉的状态。因为演员登场时观众席常常会响起掌声，所以卡尔知道，即使明星演员坚持说自己并不介意有没有掌声，但要是真没有的话，多少也会令他们不安——他的关心让演员们心怀感激。而且他这样做总是很有效（自那以后我也会这样做）。有一次我问卡尔，"塞莱斯特"在不在她的化装室。"霍尔姆小姐，迈克尔。霍尔姆小姐还没来。"他不在乎我私下怎么称呼她，但在他工作的世界里，有一个传统需要遵循，而我也乐意遵循。

04　放松、专注和呼吸

演员是讲故事的人。戏剧的工作就是把科学、艺术、心理和政治世界的东西变成站着讲出来的故事。它始于作家，这是故事的部分；而站着讲的部分就属于演员。演员弯下腰，扭动着，赋予这个新近住进其体内的灵魂言语和身体，拍拍它想象中的屁股，然后这个角色就站起来了。为了让这个新生命健康地诞生，演员的身体必须做好准备，能够做出灵活的反应，甚至能够将最复杂的想法表达出来。而这意味着身体必须摆脱不必要的肌肉紧张，必须没有负担。

放　松

1975年，哈佛大学医学教授赫伯特·本森写了一本书叫《放松反应》(*The Relaxation Response*)。这本书主要是介绍如何运用冥想来获得健康的生活，里面详细描述了肌肉放松的方法及原因，非常实用。这是一本极其重要的书，尤其是对演员来说。它让全世界的人了解了什么是肌肉紧张和肌肉放松，很快就成了畅销书。

巧的是,斯特拉斯伯格多年来一直在演员工作室和他的私人课堂上教授深度肌肉放松及其对演员的重要性。所以这本书出版的时候,我们这些跟李学过的人都笑称本森博士一定跟李上过课。

在李的课上我们学到,肌肉紧张(要注意,不是情绪上的紧张)是演员做到专注和完成毫无阻碍的直觉情感反应的一个大敌。他所有的课都是从深度完全放松练习开始的,然后是培养专注力的练习,然后是从简单到复杂的感觉任务练习。

在我观察自己和别人的时候,我开始想一个问题:究竟是什么引起了超出完成一项简单任务所需的紧张的肌肉状态?简而言之就是压力。很重要的一点是,我在试着摆脱压力之前明白了是什么带来的压力。

除了人类,其他的哺乳动物并不会出现不必要的肌肉紧张状态。通过高速摄影机我们可以看到,一只正在捕猎的猎豹奔跑的速度超过每小时110公里,发达的肌肉却没有丝毫的负担——如此高强度地使用肌肉,却刚好就是捕猎所需的程度,没浪费一分一毫。一只鹰俯冲而下用爪子抓起鲑鱼的时候,肌肉同样也没有负担——当然,肌肉是绷紧的,但没有负担。那么为什么以及什么时候,一个人会不必要地绷紧肌肉呢?

生活中的紧张

在日常经验中,我们人类会高效且直觉地使用肌肉,有时候是放松的状态,有时候是绷紧的状态。紧张的肌肉可以消除不必要的感觉,放松的肌肉则可以让渴望的体验变得更充分。如果你的冰箱里有一只鸡放了五天不知道还能不能吃,你把鼻子凑上去闻的时候就会绷紧脸上的每一块肌肉,希望不至于把可能闻到的臭味吸进鼻孔里。而另一种情况下,比如你闻的是一朵玫瑰花,你在闻之前会放松脸部,希望尽可能充分地闻到美妙的香气。再比如你决定洗一个热水澡,想要试试水温,你伸进浴缸的那只手最好放松一些,那样可以让你更快地做出判断。紧张会抑制体验,放松则会强化体验。南北战争的时候,截肢手术没有足够的麻醉剂,当时能够做的就是给战士一枚铅弹,然后跟他说"使劲咬住"。绷紧的下巴肌肉多少能够抵消一些痛感。

此外,我们想象中常见的哭脸并不是哭泣的脸,而是绷紧面部努力不让自己哭出来的脸。如果不想忍住眼泪,我们就不会绷紧面部肌肉。在快哭出来的时候,我们的身体会利用这种紧张的状态把内心深处的反应藏起来;在努力藏起不合时宜的自我意识的时候,我们的身体会绷紧;在努力掩饰紧张情绪的时候,我们的身体也会绷紧。而且,在愤怒的时候如果不想发作,我们的身体也会绷紧,这样才能压住我们心里的怒火。对于人来说,这些绷紧身体的方式是很自然的,而且是无意识的和习惯性的。

然而,演员在表演的时候要做的恰好相反:让内心的欲望和意志尽情释放,毫无保留。

演员的放松

演员需要做的是接收每一次冲动、每一次情感的冲撞、每一次直觉的刺激或身体上的震动,毫无阻碍地、自发地并且不带任何价值判断地接受。肌肉紧张和身体上的压力是演员的敌人。而放松的身体状态(不是松垮的身体状态)能够更好地激发角色、情境和演员个人的真实。只有在没有压力的状态下表演,演员才能知道应该如何反应和不该如何反应。表演需要演员保持敏锐的感觉,从而接收各种刺激,如惊喜、预料之外的慷慨、充满爱的眼神、温柔的触摸、最微妙的想象,以及最重要的,自由流淌的直觉。而紧张会成为这一切的障碍。直觉不会大喊大叫,它更像低声耳语。

如果说紧张是主要的敌人,那么,学会在表演中熟练地运用肌肉放松的身体会有很大的帮助,而这意味着你要能够绷紧和放松任意一组独立的肌群。解决紧张要动用身体,而不是动脑子("我现在紧张吗?""我放松了吗?"),也就是要听从自己的身体。身体会告诉你:"放松!顺其自然!"过一会儿,你就会做到了。

在表演的时候,对压力有所感知并且学会如何释放——轻松地、静静地,不需要过度用力——是一种需要大量练习才能掌握的技巧,这种练习必须贯穿你的整个职业生涯。但这种努力是值得的,因为当你第一次完成一场高质量的情感戏,而发现自己没有感到压力,或者说没有因刻意用力而造成身体紧张的时候,你的想法从此就会不一样了。这样的能力将让演员的头脑更清晰、体验更充分，让他能够更自如地应对紧张情绪，也能够更完整地把排练时准备的东西呈现在舞台上。当然，紧张和张力是很不一样的。张力是表演所需要的，是角色在高度紧张的戏剧情境下对渴望的目标的全心投入。而这种充满欲望张力、全心投入的时刻必须在肌肉不紧张的情况下才能很好地完成。

演员们可能会想到一个问题："那要是角色本身是紧张的呢？"创造性的工作要求演员——也就是剧作家笔下人物的塑造者——必须能够在没有压力的状态下完成那些最极端情境中的表演。这意味着演员要创造出角色特有的身体状态，当然也包括某些时候可能会有的明显的肌肉紧张。演员的身体必须首先处于放松的状态，然后他才能够根据具体情况决定让角色进入哪一种紧张状态。

好的艺术家不会让自己在工作的时候产生不必要的紧张。米哈伊尔·巴雷什尼科夫和他的芭蕾舞同伴们在做高难度跳跃时，或者威利·梅斯在冲天一跃接住棒球时，身体都处于没有压力的状态。仔细观察就会发现，即使跃到了最高点，要是需要他们跳得更高，他们似乎也可以做到——不用龇牙咧嘴，也不用皱眉。伟大的歌唱家在唱到最高音的时候，只要需要，他们也似乎还可以拔得更高。斯特拉斯伯格和本森都是对的：无意识的、不必要的身体紧张是不健康的，是表演艺术家的敌人。肌肉放松的身体能够让演员自发地在情感上和头脑中做出反应，并且也能为演员的一个重要能力做好准备，这个能力就是专注。

专注：集中注意力、保持集中和转移焦点

专注要求演员在表演的每个时刻都以一种充分觉察的状态去体验他在剧中——无论是内在生活、外在生活还是剧作的文本——必须完成的一切。这就要求演员在整个表演过程中持续不断地投入注意力。当剧本逐页逐字地在舞台上展开时，专注会保证每一个时刻充分完成后才向下一个时刻过渡。专注会抓住观众，把他们一直留在故事中。

演员最重要的优势，从来都是能够从一个时刻到另一个时刻地专注于（但不能刻意为之）做出必需的艺术选择。这意味着演员要完全在场、注意力充分集中，不管是在倒一杯水还是在询问证人，是在亲吻还是在切奶酪。当然，如果行动的对象或者行动本身不太能帮你保持状态，那就更难了。所以你给予奶酪的注意力要跟给予那个吻的一样多，甚至更多，因为奶酪不会帮你什么忙。

在我们的日常生活中，不刻意的、放松的专注似乎非常容易，至少大多数情况下是这样。在生活中，专注来去自如，通常没有什么重要的。但在舞台上，专注的时刻必须充分完成，并且此时此刻就完成。对于演员来说，紧张、焦虑、想要演好、被人观看和自我评价都会是表演的障碍。而专注就像是一块肌肉，使用它、锻炼它，它就会变得更强；不断地检验它、要求它，它就会变成你内在的一部分。如果不断地练习，要不了多久，集中注意力、保持注意力集中然后转移注意力焦点就会成为演员最重要的工具之一。没有专注，就不会有真正

有价值的、令人满意的、严肃的表演。

一旦做到了放松和专注,演员就找到了一条道路,所有身体、情感和头脑的真相都会通过它传递出来。这条道路就是演员的呼吸。

呼　吸

畅通的呼吸是心跳的好兄弟(也是演员的好朋友),简单、有生命力、持续不断、永无休止。但畅通是关键。演员必须让呼吸自然发生,把任何妨碍它的东西都清除掉。呼吸是一条道路,演员真实的,也许因为优秀的台词而变得更加丰富的声音将通过它传递出来,并抵达观众。

在生活中,我们人类容忍了很多妨碍我们呼吸的行为。我们常常会用不当的方法控制呼吸,比如在受到胁迫的时候会"屏住"呼吸,不把所有的气吐完。

不畅通的呼吸会让运动员很难发挥出身体的潜能。我听说著名的网球选手莫妮卡·塞莱斯非常明白在消耗体力的过程中"呼气"有多重要。在网球比赛中,她是第一个每次击球都发出那种狂野喊叫声的选手,她说这样做是为了提醒自己放松地呼吸。我并不建议演员也那样大喊大叫,不过有些时候,一边呼气一边发出一个音确实能够有效地缓解紧张,甚至能让你想起某个没有在台词中写出来的真相。

不畅通的呼吸还会影响记忆。试想,你蜷缩在椅子里学习,一两个小时后你发现自己把同一句话读了两三遍,想要记住但总是记不住。然后你无意间从椅子上起身，舒展一下身体，四处走动走动，让自己的肺里充满新鲜的空气。当你重新坐下来时，你发现你记东西更快了，也不需要老是重复读那么多遍了。因为之前你一直坐着，处于肌肉（包括膈）紧张的状态，妨碍了氧气进入你的大脑。而起身舒展身体之后，呼吸的通道被重新打开了。膈的紧张不仅会妨碍言语功能，同样也会妨碍大脑的运转。浅呼吸是身体的敌人，不过也不要大喘气。要让呼吸自然发生。记住，要让身体做它想做的事。当你放松下来、呼吸更从容时，无论是搏击还是逃跑，甚至是做爱，你都会表现得更好。

演员在戏剧舞台上讲话时要想让最后一排观众听到——这就是常常被人提到的放开嗓音——保持畅通的呼吸是最好的方式。不仅如此，无论是在舞台上还是在镜头前，伴随着呼吸的言语都隐藏着微妙的内容。演员必须提醒自己，呼吸是条道路，不仅优秀的台词乃至诗歌会通过它流淌出丰富的言外之意，脱口而出的话语、日常的口语也是如此。演员在培养自己的表演习惯时应该加强练习放松、专注和呼吸。当然，他在表演的时候并不需要去想这些——除非是在某个高度紧张的时刻，他意识到自己身体紧张，或注意力分散，或呼吸短浅。这时候，并且只有到了这样的时候，通过练习掌握的自我调整能力作为演技的重要组成部分，就显现出它们的价值了。

温馨提示。站在台侧即将上场或者等着导演喊"开始"时，提醒自己松弛腹部（把虚荣心留在海滩上吧）。松弛腹部能够让膈放松下来。从容、安静地呼吸。还有非常重要的一点：提醒自己，肺里一吸满空气就开口说话。我们很多人都是吸满气、吐气，然后才开口。在呼吸的节奏中说话。保持呼吸的畅通无阻，让你身上所有的好东西都能够通过它传递出来。

05 试 演

长久以来,纽约这个我生长的城市都是西方世界一些最优秀的演员的大本营。但就算是在这个机会遍地的地方,演员要想成为一个成熟的艺术家也需要不断地付出努力。在戏剧界,只有最好的导演和极少数制作人把演员当作重要的合作者,认为他们值得认真关注和考虑,并在工作中把他们当作平等的伙伴。而另一方面,普通大众从来都关心演员,对演员的世界充满了好奇,事实上还一直想要和他们一起站在聚光灯下。过去几百年来,不论在小城镇还是在大城市,人们都对我们演员的到来充满期待,期盼我们在舞台上的激情能够给他们带来震撼。(当然,我们走的时候他们也会感到轻松许多!)今天,他们花很多钱(比他们应该花的还要多)来看演员娴熟地完成精彩的表演。今天,演员从观众那里获得的是仰慕、尊崇和认可。在行业内则不是这样。

在历史上,即使是最好的制作人也把演员当孩子看待,认为他们听话,不是很聪明,但好用。直到1920年,制作人都有权并且确实会无缘无故地炒掉演员,让他们超时工作,让他们去外地巡演却拖着不给报酬。这是不公平的，没有公正可言。直到1919年爆发了具有里程碑意义的演员协会大罢工，一些大明星参与其中奔走呼号，很多剧院关门，资金流失，演员们总算为自己在合同中赢得了一些平等的权利。随着演员协会的建立和稳固，演员的价值终于得到了一些重视。

即便如此，直到20世纪50年代早期，演员的合同上仍然有"五日条款"。这个条款规定，制作人有权在合同签订后的头五个排练日无理由、无任何赔偿地解雇演员，只需在第五日午夜12点之前交给他一份解雇通知书或者发一封电报。

有个残酷的黑色笑话，演员们会讲给彼此来开解这个职业带给他们的痛苦和不尊重。这个笑话是这样的……

有一个演员将近一个演出季没有接到戏了，突然被选中出演他很久以来最重量级的一个角色。他住在第十大道附近49街的一个小房间里。第一天剧本围读会，他努力向剧团表现自己的才能，导演对他微笑了。他还跟其他演员一起吃了午餐，一切顺利。第二天收工时，他跟导演道了晚安，但没有得到回应。不过，导演当时正跟其他三个演员聊得欢。第三天，制作人露面了。他跟其他演员相处得还挺愉快，可制作人对他很冷淡。他独自吃的午餐。第四天，每个人都收到了一张便条……就他没有。晚上他睡不着，出了一身冷汗。第五天，他的工作状态很糟糕，而他也很清楚这一点。收工时，他跟舞台监督道了晚安，然后站在那儿，等着收那封解雇通知书。什么也没有。"当然，"他想，"那就是电报了。"他走路回家。排练的地方在46街的马林工作室，大多数百老汇的戏都是在这里排的。他离开这栋楼的时候,周围的演员正有说有笑。7点整他到了家。他没准备晚饭,只是来回踱着步,一遍又一遍地想:"我本来可以做点什么?有什么地方是我没做好的?"然后到了11点半……或许……或许……但是没有。11点50分,响起了敲门声。"西联汇款。"错不了。他打开门,接过电报,准备迎接最痛苦、最黑暗的时刻。西联"小哥"等着,可能是在等小费。终于,他打开了电报……然后他高兴得叫了起来,像解脱了的疯子一样狂笑不止……西联小哥问他:"是特别好的消息吧?""对!"他说,"我母亲死了!"

残酷、黑暗、好笑,而这个笑话里藏着的真实是被拒绝之后的巨大痛苦,是对工作的极度渴望。在演员的合同里,"五日条款"躺了太多年。只有在那五天过去之后,演员才算开启了创造一个全新人物的神秘之旅。因为他在那五天的折磨里所做的,其实就是试演。

虽然演员已经不再需要花五天的时间来试演了,但是每一次等待电话通知的过程仍然会让人觉得有五天那么长。不管试演的形式是怎样的,说到底它就是在售卖:把自己摆出来,希望他们会买走。听起来也许有点讽刺,但很准确。一些非常平庸的演员很擅长试演,而一些很棒的演员则很不擅长。

因为我并不相信有一种方法可以适用于任何一次试演,所以我在这里给出的建议,你们应该严格地检查和讨论,谨慎地接受,甚至拒绝。

在为一份工作,也就是一部戏里的某个角色做试读的时候,演员会在意"他们"想要什么,在意别人跟他讲"他们"

想要什么。这是可以理解的。演员还会想:"会让我读什么?"他会练习"演讲",并在试演的时候把头一天晚上在家练习的内容重复一遍——总之,把自己认为"他们"想要的东西展现出来。我会说:"停!"

所有这些都会扼杀你的才能。试演的时候,就算他们没有意识到,但他们观察的是那个内心最深处的、最投入的、当下的你:你的才能、你的演技、你独特的地方。而在这个自我表现的过程中,最重要的因素就是你要忘掉他们的存在,然后一往无前。管他们呢!你就是主角,你要做的就是做出自己的选择,运用自己的方式,听从自己的意愿去追求并完成你对角色的理解,让他们看到一个更加立体的人物。那么,下面是一些建议。

在家里,用你所有的理解力把规定情境仔细研究透彻。如果你只有几页剧本,他们也没有给你任何背景故事,那就根据你手头的内容来补充。你的角色最想得到什么,以及他为了得到它要采取什么行动,你要做出选择。要让角色的欲望把台词带出来,而不是反复念台词。在理解了台词之后,作为回应,你要在他们给你的一两个小的时刻(包括打招呼的时刻)为角色选择一个最强的欲望。让自己沉浸在故事里。把自己交给他们,一丝不挂(一种比喻)。相信自己的才能,并决意完成自己所做的选择,哪怕他们会认为你的一些选择是"错"的。如果你在他们面前真正把自己打开了,他们会对你感兴趣,最不济也会给你指点一二:"不对,不是那样。要这样演。"

所有的试演，不管是准备了好几天还是只有几个小时，都应该是一次即兴表演，自发地、第一次发生，充满惊喜，就像所有的即兴表演那样——就算你是逐字逐句照着台词演下来的也一样。如果你能让面试官感到惊讶，他们就会对你感兴趣。如果他们通知你去复试，不要重复之前的表演，而要走得更远。如果是一部喜剧，就挑一个特别严肃的时刻；如果是一部严肃的戏，就挑一个稍微轻松的片段。总之一定要充分展现出自己独特的才能。

当选角的人和导演（假设是不错的导演）在好几个小时的时间里连着看了10个或者20个演员读同样的三页剧本，他们在看什么？他们想要看到一个真实、生动、没有表演痕迹的人，一个放松并且乐在其中的人。他们希望有某些简单、有启发性的真实能让他们提起精神来。记住：他们不是在面试这些材料，他们是在面试你。他们想要看到你展现得比剧本片段中所写的更多，他们想要看到至少有那么一个时刻你是完全处于当下的。不要售卖自己。你不是一件商品。

那要是他们不买账呢？去他们的！在面对自己极度渴望获得的角色时，骂几句是有用的。

当然，试演的过程还有另外一面。它给了选角的人、导演和制作人一个机会去见一些此前默默无闻的演员。确保他们看到你的顶尖技艺：真切地生活在一个想象的世界中。注意，我用的词不是"表演"，甚至不是"行动"，而是在那个世界中"完全生活在当下"。甚至可以说，如果你的状态是松弛的，如流水般从容，不受外界所扰，这样一个有才能的演员会让你面前的雇主们求之不得——就算不是在这部戏里,也会在另一部里。

演员们发现,在他们那些最好的试演里,他们都不是那么在乎自己是否能够被选上。所以尽量让自己做到这一点。你擅长的就是创造"如真相一般的谎言"。而"真相"就是,获得这个角色并不会让你的生活发生改变,因为你的生活比这个角色要宽广得多。哪怕你并不相信这个真相,做出一些努力也是有帮助的。

还有一件事。去参加一场重要的试演时给自己打辆车(把你兜里最后一点钱掏出来吧,值得的),然后在车里练习"想象的游戏"。真的,就算你觉得这很好笑,也要试一试。想象前台的接待员很高兴看到你。想象当你进去的时候,面试官站起来,很高兴你能来。然后想象你表现得棒极了,比以往任何时候都要出彩,也许当你演完时他们还会鼓掌。说真的,要是不这么做,你的脑子就没法清空。它会充满担心、负面情绪、悲观的想法——所有演员都会这样。然后,当你到了地方,坐下来等着被喊到的时候,不要去想你将会怎么处理那些台词,而是要继续那些让你觉得好笑的想象。当你走进试演的房间,这种想象会保证你是真的在看那些人,让你能够把注意力放在你的搭档身上,放在坐在桌子后面的那些人身上。

当然你会感到紧张。你会在意结果。不要掩饰。别忘了呼吸。努力去完成你的任务,追随你给自己设定的目标。相信自己的才能,享受这场挑战。

II

在排练中

06　面对角色

关于排练的讨论必须从真正的起点开始,即拿到角色。我们不能跳过这个时刻,也就是你接起电话听到"你拿到这份工作了,这个角色是你的了"之后的30秒。这是一个荣耀的时刻,是一切的开始。你要开始工作了,有人看中你了——看中的不只是普通的你,而是有技艺的你、作为艺术家的你。当然,这里说的是你接到了一部令人兴奋的戏中的一个不错的角色,不过就算接到的是一个商业广告,能够付上房租也值得高兴。哪怕是对于一个有名的演员来说,要是他接到的是他真正想演的角色,这样的电话也同样会带给他"过电"一样的感觉和愿望达成时的兴高采烈。他们看中的是你身上作为艺术家的部分,是那个有最宝贵的技艺、最隐秘、最脆弱的你。为这个电话(或者电子邮件)庆祝一番吧。哪怕你一定要等合同签完再昭告天下,你也可以去好好喝一杯,再去买一件新衬衫。

拿到角色是最美妙的时刻。然后,真正的工作开始了。不管它是符合演员的预期,还是令人痛苦地没什么创作的空间,他都会干这份工作。演员必须努力奋斗,有时候是和自己平庸的状态斗争，而大多数时候（希望如此），他会被团体的创造力点燃。

每个演员都知道，每个新的项目都是一次新的体验，有新的挑战和新的应对方式。过去的已经过去了。此刻，只要考虑这样的问题："我能演好吗？我会找到我的方式吗？我会失败还是会成功？"生活中没有任何一个时刻是令人厌倦的——能过这样的生活是多么幸运啊！

最初的几天

如果演的是一部复排的戏，比如莎士比亚或者威廉斯的一部戏，你要把以前看过的所有版本的演出都忘到脑后，包括精彩的评论文章和网上触手可及的相关视频。不要让那些东西干扰你走进剧本，最重要的是，不要干扰你认识其他演员。当你看过也思考过这部杰出的作品和你的角色，对你来说，此刻新出现的、让你感到兴奋的，就是这些第一次与你打交道并且令你充满惊喜的演员伙伴了。和他们相处，体验当下的一切。在最初的这几天里，把注意力更多地放在他们而不是你自己身上。

哪怕是在一部新戏里，当你要赋予一个二维世界中的角色新生时，也要先把自己的目光投向周围的人，不带任何评判地让周围的世界在你面前展开，甚至关于你自己角色的独特部分也应该在这之后再去花心思考虑。

哈姆雷特的帽子

你要演的角色还在纸上。但很快,你就要不可避免地跟他面对面了,并且将会以他的名义生活。这些初涉其中的时刻是非常能够唤起你的情感的。没有答案,只有问题。不论这个新角色有多么令你跃跃欲试、灵感如泉涌,它还只是二维的,静静地躺在纸上。它将变得像流水一般灵动,而它的本质还没有被发掘出来。在演员开始进入工作状态之后,这个由作家的想象力虚构出来的朦胧之物将会一边点燃你的创作热情,一边从纸上跳脱出来,直到某一天作为真正的角色直面演员。

不过这时候,他们仍然是彼此分离的。他们仍是陌生人,还不太确定会发生什么,但又对对方抱有期待,因而小心地试探着,想要在彼此身上找到共鸣和联系。想想著名的莎剧演员理查德·伯比奇(Richard Burbage)第一次面对哈姆雷特这个角色。没有什么学术评论,也没有所谓的解构或者后现代主义。只有伯比奇和哈姆雷特。那得是一次怎样命中注定的相遇啊!

接下来,表演艺术开始了它内在的非凡挑战:合二为一。不是要其中的一个完全变成另一个,而是要演员在角色中找到自己,也在自己中找到角色。在接下来的几周里,头脑中的问题掀起的风暴越激烈,角色潜藏的内在面貌就越像突然雨过天晴一般拨云见日,作家在剧本中的意图也就越能充分地揭示出来。

就像一场舞蹈。前一刻还是令人赞叹的和谐,后一刻就分开了，相互独立。角色提出要求，并且坚持；演员逼近，然后抵抗。两个人面对彼此，平等角力。事实上，演员会像面对一个真正的、三维的人一样同角色进行想法的较量。如果我能给他们各自的心声配上台词，你将会听到角色转头向剧作者说起演员："他？就他？！他不够聪明，不够漂亮，不够坚强，什么都不够！"而演员则转头向导演说："见鬼，为什么他会……他不会……他不应该！我不信他会……"这个时候，剧作者和导演最好一句话都别说。

当然，演员知道主要责任在自己身上，他是那个负责合二为一的人。角色并不会轻易地向演员透露他身上的秘密，尤其是最重要的真相。这些东西会在两个人相互试探、来回推拉的过程中慢慢显现出来，这里打开一点点，那里又露出一点点。双方都必须是柔韧的。演员说："我知道你的那种感觉有多强烈，但你必须给我留出一些空间，让我的那些不准确的、或许错误的冲动自然地发生。"而角色会时不时显出他顽固的一面："必须是这样。我看到你尝试过不同的法子。我允许你尝试，但终究得是我想要的方式才行。"双方都必须放弃一部分的自己。

最终，双方的分歧——至少是那些重要的分歧——达成了一致。于是这个新的个体诞生了，这个站在舞台上的独立的人类个体、这个前所未见的哈姆雷特或者海达[①]出现在了人们面前。是的，前所未见。

[①] 海达，易卜生剧作《海达·高布乐》(*Hedda Gabler*) 的主人公。

如果这是一个有价值的、值得挑战的哈姆雷特,他必须是演员的哈姆雷特,是演员的威利·洛曼①,是演员的海达·高布乐,而不再是剧作家的。无论剧作家喜欢还是讨厌自己笔下的人物如今变成的样子,这个人物此刻都是属于演员的。剧作家们明白这一点,所以他们期待惊喜。这就是戏剧,一种共同创作。这就是我们去看一部以前看过很多个版本的戏时还是会感到兴奋和期待的原因,我们希望它不是了无新意的老调重弹。我们希望得到启示。我们永远不知道谁会戴上哈姆雷特的帽子。

发现的工具

要实现演员和角色创造性的合二为一,演员要怎么做呢?演员在进入角色的这趟旅途中必须(不是可能会,而是必须)带着哪些工具或才能呢?下面这些是我觉得最重要的。

慷慨大方

不要让自己受限。不要先入为主。角色想让你去哪儿你就去哪儿。去冒险,不要怕越界。去犯错,大大方方地犯错。角色和剧作需要你把全部的自己,不管是英勇的还是羞耻的,总之是那些隐秘的部分都贡献出来。要运用你的整个身体,不只是头脑和嘴巴,还有你的脖子,你翘起的二郎腿,你坐、

---

① 威利·洛曼,阿瑟·米勒(Arthur Miller)剧作《推销员之死》(Death of a Salesman)的主人公。

站、走、跑的方式。对了，要允许你的自我被改变，比如膨胀、畏缩或受到伤害。

好奇

要对剧本中暗示的任何可能发生的你的角色与他人之间的关系感兴趣，对剧本中任何一个令人意外的动词或不平常的形容词感兴趣。要注意那些场景描述，它们看起来是为舞台设计师写的，但其实对演员来说同样有用（不过不用在意那些不必要的舞台指示，比如"她坐下来""他穿过舞台后方""她哭了"等等）。像读一个精彩的侦探故事一样读你的角色，而你就是那个侦探。让自己时刻保持新鲜感。

信心

一个好的演员清楚"我不知道"的巨大价值，而不会老想着"我应该知道"。表演的真正乐趣来自演员不知道最佳答案将会怎样以及在什么时候展开。信心（加上经验）能够让演员保持兴奋的状态前进，哪怕他还没有清楚地看到那些最让人茅塞顿开的答案。信心指的是："相信你的演员同伴，相信剧本，相信你的想象力，相信你的技艺。"你将会知道不应该做哪种选择，应该做哪种选择。享受旅程中的跌宕起伏吧。来玩就是了。

进取心和耐心

进取心不是暴力，耐心也绝不是消极被动。进取心加耐心指的是在一趟没有确定性甚至没有对终点的想象的旅途中,演员却能够坚定地前行,让人物关系自行发展起来。敢于挑战边界,敢于失败,不要老想着:"这样对吗?"记得给自己留出空间,记得呼吸。要有耐心。

弗洛拉·罗伯茨(Flora Roberts)是一位非常重要的戏剧经纪人(也是我的导演工作的代理人),她曾告诉我,她的职业生涯是从给克米特·布卢姆加登(Kermit Bloomgarden)当助理开始的。那时候他正在制作米勒的《推销员之死》,主演是李·科布(Lee J. Cobb),导演是伊利亚·卡赞。有三周半的时间布卢姆加登在科布身上都看不到什么亮点:他只是在嘟哝,低着头,目光躲闪,偶尔有灵光一闪而过,但仅此而已。日复一日都是这样。去费城试演的日期临近了,竟然还有人在讨论要不要换掉科布。带着不安的心情,剧团来到费城,见到了他们的第一批观众——事实证明,这样的耐心是值得的。在费城的那个晚上,当场灯暗下来,舞台灯光照亮乔·梅尔齐纳(Jo Mielziner)设计的极富感染力的布景时,一个彻头彻尾的威利·洛曼走了出来。我并不是想说这是一种很好的工作方式。因为卡赞和科布亲密合作多年,在同人剧团一同度过了无数个日夜,一起研究演员该怎么演戏,并且将新的方式付诸实践以创造新的戏剧。正是这种长期稳定的合作关系决定了他们能够进行这样充分的内部探索。

共 情

这或许是最重要的一点。对演员来说,这是他们工作的核心要素。这意味着他们需要鼓励自己投入甚至爱上自己扮演的角色。演员所做的其实就是共情的回应。他在自己的内心留出一方空间，试着去理解和接受另一个人身上不寻常的特质。演员的共情力能够让他（像在生活中一样）对别人产生兴趣，对和别人的关系有更深的理解。共情的反面是自我陶醉或者自我沉浸，因而难以和他人产生羁绊。

好的演员知道，对自己扮演的角色不仅要理解，还要关心。这一点在演恶棍的时候尤其重要。一个扮演伊阿古的演员会这么问自己："为什么我必须毁掉奥赛罗？"是什么给了他这种快感和满足感，或者说这种凶狠的欲望？不必赞赏伊阿古，但演员必须开始"找到"伊阿古从他的恶行中得到的东西，从而深挖并找到藏在自己内心深处的那一点点伊阿古。共情能够帮助演员体会到是什么在驱使角色行动。

还有一个更好的例子。在《理查三世》（Richard III）里，葛罗斯特每时每刻都在想着怎么成为国王。要扮演一个丰富而全面的葛罗斯特，演员需要理解"生下来就是这样"是种什么感觉：

> 我既被卸除了一切匀称的身段模样，欺人的造物者又
> 骗去了我的仪容，使得我残缺不全，
> 不等我生长成形，便把我抛进这喘息的人间，
> 加上我如此跛跛踬踬，满叫人看不入眼，
> 甚至路旁的狗儿见我停下，也要狂吠几声……（第一

幕第一场）①

当演员埋头研究在那样一个粗糙原始的时代，葛罗斯特早年过着怎样的人生时，他会想，或许母亲和宫廷都对葛罗斯特冷眼相待，因为他生来跛足而且丑陋。他的兄弟们有没有奚落他、戏弄他、辱骂他？研究这些早年的事，甚至可以和其他演员一起拿这些背景故事来做即兴表演，这能够帮助演员充分理解葛罗斯特的可怕行为——他的野心和复仇的欲望——还能够进入并且体会到他的内心世界。有很多方式接近葛罗斯特这个角色，我所建议的是其中的一种可能。

有洞见、有启发性、令人兴奋的问题是很有价值的，而那些看起来让探索有了最终结果的肤浅答案则没什么用。演员并不需要在意自己是否正确，不需要解释或者证明自己对角色的理解。演员需要的，只是那个某些时候才会出现的非常隐秘的"点火开关"——这个"开关"将演员和角色紧紧地联结起来，驱使着角色行动。

对英雄和恶棍都需要做同样的共情研究。演员永远要考虑到硬币的两面，在演一个英雄的时候也要考虑到他不够英勇的一面。莎士比亚在写他笔下最伟大的英雄之一亨利五世时，先呈现给我们的是一个糟糕的哈尔王子：他酗酒、目无法纪、偷东西、玩弄女性，最后还背叛朋友。后来，哈尔才成了那个慷慨、明察秋毫、内心有爱的指挥官和国王。但不是每个剧作

---

① 译文出自［英］莎士比亚：《莎士比亚全集》（四），朱生豪等译，北京：人民文学出版社，1994，5—6页。

家都能像莎翁那样帮你,这时演员就要自己给角色创造人格的两面了。演员工作的核心需要客观、清晰的头脑,同时也需要同情、理解和慈悲——也就是共情。

捉摸不透的角色

最后,角色和演员终于步调一致、合而为一。这时候又会有一个新的难题挡在路上:演员发现,尽管他已经深深扎进了剧作家所写的世界里,他和角色之间仍然存在着不同,而这些不同没法在排练中得到解决。如果还是捉摸不透角色的某些方面,演员该怎么办?

我的建议是,积极地接受这些不同就好。不要试图重新组织你的想法,而要接受这些不同,让角色同你一样感觉到这种分裂。让演员的内心矛盾变成角色的内心矛盾,哪怕剧本里好像并没有写出这种矛盾。不必让演员和角色之间的不同破坏了双方的亲密关系。演员和角色之间的内在争论常常能够丰富剧作家创造的情境,并且带来不落窠臼的、对演员和角色来说都很真实的行为。在生活中,我们做一些事情时常常并没真正投入,而且心里有所怀疑,然后却在做的过程中证明了结果的正当性。所以,不要过度解读。让角色做他正在做的事情,演员有怀疑就保持怀疑。不管是在排练中还是在演出中,允许演员和角色之间存在不同,演员呈现出来的角色就不会显得流于表面,而是会更有力、更深刻,也更微妙。

演员身上所发生的一切,也发生在角色身上

演员-角色的身份分裂感只是众多似乎难以解决的演技困境之一。一个解决办法是牢记这个概念:每个时刻演员身上所发生的一切,事实上也发生在角色身上。演员和角色共享着同一个头脑、思想和声音。比如,要是演员忘了一句台词,角色也会经历这种体验——就像我们在生活中有时会忘记都到嘴边了的话。不要掩饰。如果演员对自己此刻的表演方式感到不满,这也意味着角色不喜欢他现在的举止——就像我们在生活中有时会对自己的反应感到沮丧一样。要是道具不在预期的地方,那就是角色找不到钥匙了。如果演员看到自己的搭档在某场戏中即兴发挥了新的内容,那就是角色发现他的妻子(打个比方)做了一件从来没有做过的事情。注意这些时刻,并且享受它们,把它们变成表演的一部分。戏剧中所谓"每时每刻"的表演,指的就是这个。

此外,演员在读剧本的时候常会对角色的反应感到意外。因为他自己的反应和角色的完全不同,他觉得无法接受。在这样的情况下,想办法解决演员和角色之间的分裂似乎是合理的。但常常还有一种办法。不需要做"选择",因为只有一种反应:接受,甚至鼓励双方之间存在一些重要的差异,然后在排练中解决这种困境。如果能够让剧作家笔下的人物体验到更多种可能的回应,表演就会好得多、巧妙得多。

当然,有一个事实是,不管在排练中还是在演出中,强调演员要相信自己在戏剧情境中的反应都会有一定风险。其中

最大的风险是一种错误的观念，比如说，不论一部剧中有多少嫉妒，一个演员内心所感受到的嫉妒都足够了。演员所寻找的真相，可能正是从他内心深处感受到的快乐或者痛苦的恨意和嫉妒开始的。的确，他们必须从那里开始。比如要演奥赛罗，我们大多数人可能理解到的痛苦的嫉妒必须转化为一种致命的、毁灭灵魂的嫉妒。这不是动作幅度、声音大小或者愤怒程度的问题，而是关于奥赛罗的痛苦有多深、他想到苔丝狄蒙娜可能爱上别人时的失落有多巨大——失去她，他简直无法活下去。但如果是演《裘力斯·凯撒》（*Julius Caesar*）中的凯歇斯，演员并不敢把角色的妒忌心和野心降到他自己觉得舒适的程度。相反，他必须激励自己去挖掘那些隐藏的、几乎还没有人想到的反应方式，直到他觉得自己能够像凯歇斯那样去实施残忍的阴谋了。

这个寻找和发现未知的黑暗之处的过程，意在充分表现剧本创造出来的世界，也是为了满足演员自己的艺术愿景。这是演员在创造角色的过程中所能够得到的最深刻的体验之一。在一部部戏、一个个角色中，演员会一次次发现新的"自己"，也会一次次为此感到惊喜。演员可以花上多年时间来发掘不同的自己，并学会如何接近他们。因为充分专注于剧本中的那些规定情境，演员就会知道哪种情境下应该用上哪个"自己"。

07 搭 档

眼睛看着不等于理解，
理解不等于有远见卓识。
远见卓识是更深远而透彻的理解，
是火把照亮了那些被隐藏的部分。

我写下这几句话，是想看看自己能不能简单、具体、扼要地把演员对建立一种专一的、多层次的搭档关系的需求说清楚。这种关系有很多变化，很多因素都会改变这种理解问题的方式，但对演员来说，演戏的根本就是对他人的需求，以及对他人的完全关注。

2500年前，在古希腊戏剧界，一度只有诗人自己在舞台上念台词，歌队在一旁又唱又跳地配合，对诗人做出回应。有一天，雅典第一位伟大的悲剧作家埃斯库罗斯决定："我还需要一个人，一个能够跟我争论的人。"于是舞台上才有了第二个演员——演员从此有了搭档。后来，埃斯库罗斯的继承者索福克勒斯决定，他还需要一个演员。这样，我们的职业才真正开始像回事了。

当演员有了搭档,对他们来说最重要的就是每个人都想要对另一个人产生影响。也许在观众看来,演员只是陷入了思考,或者陶醉在令人愉悦的语言里——好比《罗密欧与朱丽叶》(Romeo and Juliet)中茂丘西奥那一长段关于"春梦婆"的独白。但无论怎样,演员必须做出选择:他要如何影响他的搭档以及为什么要影响。"我要怎么让他改变?怎么才能让他转到我的方式上来?"显然,一个演员要想知道搭档正在被影响、正在发生变化,唯一的办法就是特别密切地注意他的每一次呼吸的变化、每一次眨眼、每一次暗示着积极或消极态度的反应。

对搭档"做什么"很重要,从搭档那里"接收到什么"同样重要。接收信息需要演员有放松的、不刻意表演的状态和高度集中的精神,需要他对周围的一切(无论和这部剧有没有关系)都保持开放的态度。不只是看着搭档,而是要理解他。要用眼睛去听,用耳朵去看。李尔就对眼盲的葛罗斯特说,"用你的耳朵瞧着吧"(《李尔王》第四幕第六场)。而我们也可以对一位聋人说:"用你的眼睛听着吧。"对于演员来说,这两句话都是很棒的建议。

"跟你的搭档说话的时候要看着他!"我一直对这句告诫不以为然。它太简单粗暴,太机械了。也许有的时候你会看着他,但是拜托,这不应该是一条铁律。真正绝对的只有一点,那就是你的同伴相当重要。

这可没有听上去那么简单。演员做出恰当的努力,清楚自己想要什么以及怎样去实现,他们带着强有力的信念做出有深度的反应。不过不管内心世界是怎样的,演员的外在任务只有一个,就是把所有的注意力都放在搭档身上。把他而不是你自己当作这场戏中最重要的人。当你注意他怎样做出回应的时候,你不仅要听他说了些什么,还要听他说话时的停顿、呼吸和节奏。用你心里的耳朵去听。在他说话的时候,注意他的身体语言暴露或掩饰了什么。通过台词你就能轻易而且快速地捕捉到表面之下的潜台词,你想要接收到的就是这些更微妙的东西。让你的身体放松下来,保持稳定、平静、轻松的呼吸。不管是哪场戏,都不要想着"处于"什么状态,沮丧也好,愤怒也好,困惑也好,所有这些都是结果,都会自动发生。这样做,演员定会有巨大的收获。

你会说:"但是我在生活中就是这么做的。不管我感觉怎样,我都会听。我常常会对听到的言语有所怀疑。"是的,确实是这样。即使听到朋友愤愤不平地否认,我们还是会说:"你很生气,是不是?"我们捕捉到了什么。我们感觉到了。人类学会了在言语之外"阅读"他人。几千年来,为了生存,人类也学会了用五种感官来获取重要的信息,这些信息会绕过大脑的理性思考,直接发出行动指令。"不知道怎么回事,我突然就……""我当时有种奇怪的感觉……""那个地方让我觉得有点……""我说不清,但我就是不相信她……"比起其他大多数职业,演员必须(通过练习)培养高度敏锐的感知能力来捕捉那些没有言明的、隐藏的东西,而且必须始终对搭档的所思所感"了如指掌"。

今天大家都会忧虑一个问题，即科技正在让人与人之间的联系方式发生翻天覆地的变化。人们从特别年幼的时候就开始把眼睛埋在手持电子设备里。面对面交流信息的方式已经变得陌生，嗓音的微妙之处让位给了短信文字。这是一个严肃的问题，尤其是对演员来说，因为他们技艺的基础就是阅读面部表情、倾听嗓音的微妙变化，以及体会他人的身体呈现方式。演员尤其需要训练自己注意到搭档身上的各种细节，比如温暖的手、紧抿的嘴唇、尖锐的语气等等。注意到意味着识别出搭档身上某些不一样的东西，某些出乎意料的、看起来好像不重要的或者半遮半掩的东西。突然捕捉到一个符合逻辑的推断或者一句预料之外的潜台词（搭档本人或者他的角色甚至都没有察觉到）是演员非常愉悦的时刻。这可以改变一段关系。有时候，演出了好几周之后会突然冒出一个什么东西——其实它一直就在那里，只是你现在才注意到。

1949 年，我在参加演员工作室的最后一场试演时（在卡赞、斯特拉斯伯格和克劳馥面前！），演了阿瑟·劳伦茨（Arthur Laurents）的《勇敢者之家》（Home of the Brave）中的一场戏。在这部戏中，我的角色因战斗疲劳而身体机能崩溃，一位中士（我的朋友伯纳德·凯茨饰演）为了帮我恢复过来，在我面前引用过一首诗，有一句是："胆小鬼，握住我这胆小鬼的手。（Coward, take my coward's hand.）"在后面的剧情中，为了让中士（此时他失去了一只手臂）接受我帮他分担装备的提议，我就说了那句诗："胆小鬼，握住我这胆小鬼的手。"然后中士笑了，接受了我的帮助，一会儿戏就落幕了。

这场戏伯纳德和我排练了很多个星期，这些台词我们也反复练了很多遍。在试演的时候，我们演得非常顺利，可我们突然同时听到了一句俩人都从来没有听过的台词。我们第一次听到的不是"胆小鬼，握住我这胆小鬼的手"，而是"胆小鬼，握住迈克·霍华德的手（Coward, take MIKE HOWARD's hand）"。"我这胆小鬼"变成了"迈克·霍华德"[1]——我自己的名字！我们顿了一下，瞪着对方，然后哈哈大笑。我们拥抱在一起。离场时我们满心都是这个非同寻常的美妙时刻，完全沉浸在我们小小的奇迹中，根本不在乎试演有没有通过。一周之后，我们得知两个人都通过了——这会儿我们就在乎了。

为什么之前那么多个星期，我们都没有听到过这样的台词？我想，是因为当演员既放松又专注的时候，肾上腺素会飙升，兴奋感就会更强烈。在表演中，每一条神经都更加活跃。耳朵更敏锐，眼睛也更犀利。在整个试演的过程中，我和巴尼[2]的状态都特别好，全神贯注于彼此，把所有的注意力都集中在了搭档身上。只有在这样的时候，我们才能听到以前听不到的东西。

---

[1] 在英语中，"我这胆小鬼（my coward）"和"迈克·霍华德（Mike Howard）"发音相近。
[2] 巴尼，伯纳德的昵称。

08 演员和导演……还有编剧之间的关系

演员和导演是两个在想象中工作的戏剧专业人士,想要概括地说他们在做一个以想象为基础的项目是愚蠢的。不过,他们之间的关系还是有一些特点值得研究和强调的。这种关系是重要的,因为合约一旦签订,接下来的几个月里,演员和导演的联系就会给演员的生活带来深刻的影响。那么该怎么处理呢?大方、乐观,把自我保护的盔甲先放到一边(虽然之后你可能还会需要它)。记住:导演选择了你,他需要你——独特的你。

你遇到过令你喜欢的导演,你喜欢他们说话和做事的方式,但不要期待某位导演会像他们那样说话和做事。保持兴趣,并且接受。每一次新的合作,你都得这样想:这位导演将会有一套充满挑战的、不同于你的概念和想法,值得你去挑战。保持好奇心。

在最好的情况下,导演会为创作团队打下一个基础。他会和大家分享他的想法,即怎样把这些各不相同的人才在剧作家周围凝聚起来。导演是一个推动者、一个人才组装师。他会告诉你，选角占了整个工作的四分之三。导演需要一个概念、一个总体的想法，需要清楚地了解是什么在剧作家心中驱动着剧本的创作，并且找到一种方式和每一位演员讲清楚这个要点。当舞台上灯光亮起，就没导演什么事了。只有剧作家和演员在那里，等着接受观众的爱或"挺身反抗"[①]。（我也是导演，可以负责任地跟你说，做导演并不是这种感觉。做导演感觉就像我的心血一点点洒在那里，即使有时候我是在剧院隔壁的酒吧里。）

最初的几次排练，每天的工作开始时，好的导演都懂得有必要给演员创造一方自由的空间，让演员感觉到他们的创作冲动在这里是被需要的，他们能够在这里尽情地玩耍、冒险，自由地开始表演。最初那几天的排练不会太具体，没有什么是绝对的，但会有一个方向，会有很大的空间让演员能够自由、茁壮地成长。这是一群陌生人，每个人都有自己的时间表，有自己工作的方式，有自己喜好和反感的东西，而导演必须在短期内将他们凝聚成一个整体——一个真正的团体。帮助他。保持积极的心态。把容易兴奋、能够受到激励的那部分自己带到工作里，而把谨慎和自我怀疑留在家里。摘下面具，投入工作。

[①] "挺身反抗"，出自《哈姆雷特》中的经典台词："生存还是毁灭，这是一个值得考虑的问题；默然忍受命运的暴虐的毒箭，或是挺身反抗人世的无涯的苦难，通过斗争把它们清扫，这两种行为，哪一种更高贵？"（朱生豪译）

斯坦尼斯拉夫斯基和创造性团体

斯坦尼斯拉夫斯基的想法一直在演变,他曾经提出,开始排练的最佳方法就是把剧本在全剧团的人面前读出来,读的人可以是剧作者或者艺术总监。没错!想象一下,你看到契诃夫给全剧团的人读《万尼亚舅舅》(Uncle Vanya),或者斯坦尼斯拉夫斯基(他自己就是一个杰出的演员)读《底层》(The Lower Depths),因为高尔基可能没法到场。〔或者是威廉斯读他的《欲望号街车》(A Streetcar Named Desire)。〕要是真的进行这样的设想,某一天,莎士比亚把剧团(他有一个剧团)的人叫到一起,说"我写了一个新戏,叫《哈姆雷特》",怎么样?

当然,K.S.(在他的年代大家都这么称呼他)说出这样的想法时,他们的戏剧界和我们大多数人生存的戏剧界可大不一样。他创建了莫斯科艺术剧院,演员、设计师和技术人员都在他们自己的这栋大楼里工作。他们的工作没有时间限制,没有人给他们设定期限。工作所需要的时间取决于具体的作品:有些要久些,有些不用那么久。当作品准备好了,需要给观众看的时候,他们才"开演"。所以他们常常一排练就是好几个月。

这么长的时间他们都在干吗?当年参与其中的很多俄国演员和导演都写过很棒也很重要的书,这些书的内容精彩纷呈而且很有价值,满满都是剧团中不同个体的思考(如尼古拉·戈尔恰科夫写的《斯坦尼斯拉夫斯基的导演课》,瓦西里·奥西波维奇·托波尔科夫写的《斯坦尼斯拉夫斯基在排演中》,还有很多)。读读这些书,它们可能会令你困惑、惊讶、受启发、兴奋、烦躁或者愉快。这些书是演员(艺术家)所需要的,可以不让他们变成空想家、教条主义者,或变得自以为无所不知。

对于现代导演来说,如果你有一个很棒、很重要的剧作家伙伴,那么斯坦尼斯拉夫斯基总结的在早期排练阶段要做的两件重要的事情,哪怕是在我们这样一个快节奏的世界中可能也是有用的。

第一,尽可能把文本研究透彻。不光是剧本本身传达出来的意思,还有剧作者在创作这部作品时内心最深处的诉求、他特定的态度、他所创造的世界的文化,以及所有没有言说但是有所暗示的东西。演员想要了解剧作家的世界和他自己的世界在哪些地方有区别以及有什么样的区别,又在哪些地方其实是一样的以及怎么个一样法。斯坦尼斯拉夫斯基希望他的演员能够一遍又一遍地完整阅读剧本,但在阅读的时候不要考虑台词该怎么说、决定该怎么做、戏该怎么"演",而要对身体和情感的反应保持开放的态度,就让它们出乎预料地发生。保持开放和灵活的状态能够为演员建立起一个有着丰富内心素材的资源库,让他们最终在为角色做选择的时候能够自由调用。

当然,在我们的商业世界里,花那么多时间"坐排"是不现实的。今天的演员必须采取各种方式,比如在不眠之夜研读剧本;比如去图书馆,甚至博物馆;比如白天在酒吧打工趁不忙的时候看看剧本;比如上网查查资料。当然,吃透剧本的重要工作是在和演员搭档们一起反复对戏、切磋、问答和调整的过程中完成的。不是每个文本都需要这么深入地挖掘，也不是每部戏都值得这么去做。一个提醒：不要去寻找什么答案，而要去研究那些令人兴奋的、有启发性的问题，在最初几遍阅读之后的几周里，让你的身体和直觉发挥它们的作用。

第二，斯坦尼斯拉夫斯基发展了即兴表演的概念。不是指作为一种娱乐形式在观众面前的即兴表演，而是作为一种工具用在排练中的即兴表演。即兴表演能够有效地让演员用自己的语言和内在冲动来体验剧本中创造的情境，而当演员在准备阶段甚至演出阶段构建并经历剧本中没写出来但有所暗示的情境时，即兴表演会是更加有用的工具。曾有画家画过奥赛罗给苔丝狄蒙娜和她父亲讲故事，那为什么不可以让演奥赛罗的演员体验这样的情境呢？要是让哈姆雷特在去上大学之前和奥菲利娅一起玩耍、一起享有一些秘密，也会很有意思。

像侦探一般查明事件的演员

演员所做的或者应该做的，就是将自己投身于素材中。而在这个过程中最重要的一件事，就是弄明白剧作者创作这部作品的原因。（这里我说的是剧作家，而不是那些每周都得糊弄出一集黄金时间电视剧的编剧。我所说的剧作家脑子里有些东西希望被人听到，心里有表达的欲望，而他选择了戏剧这种形式来完成这种表达。）

演员就会问了："让剧作者热情难抑的东西是什么？剧作

者必须表达、发展、探索、流传下去的东西是什么?"导演自然必须这么问,演员也一样应该这么问。必然,对于威廉斯为什么想写《欲望号街车》,米勒为什么想写《推销员之死》,或者萨姆·谢泼德(Sam Shepard)为什么想写《心灵的谎言》(*A Lie of the Mind*),每一个创作者都会有自己的理解。而对于剧作者来说,最根本的动机是什么?"怎么写"总是关乎讲一个好故事,把它讲清楚,让它感染和影响观众。但要弄清楚"写什么"就比较难了。我们导演和演员并不是学者,我们不需要绝对的答案,不需要在"什么是对的"这个问题上达成一致。我们需要做的就是透过我们的视角、透过我们对文本的深入探究来发现其背后的作者。我们需要理解他,理解他所写的事件。剧作者的那个"写什么"就是——事件。

在一部作品的任何一场戏中,演员都想要知道为什么剧作者舍得花上五分钟、六分钟或七分钟宝贵的故事时间来讲述这个特定的事件。作者想在这里研究并表达些什么?这里的情境是他想要继续发展的吗?是要进一步推进和挖掘人物关系?或者这场戏主要是用来塑造人物?有人可能会说,所有这些都很重要。没错,但一定有一个特定的、具体的事件,是作者想要在这场戏中着重探索的。这个问题不是靠反复梳理情节来回答的,它和情节无关。它是作者真正关心的东西,超乎情节之外。

那它到底是什么?我只能说,这个事件是对某种人类体验的探索,而故事只是剧作者为此选择的一个具体实例,他在努力把这种特定的人类体验弄清楚。剧作者用这个故事(也就是情节），用各种具体、详细的人物和关系来阐明关于我们所在世界的一种更加深刻和普遍的真相——这个真相越具体，它所体现的真理就越普遍。

今天这个快节奏的世界

今天的戏剧界和斯坦尼斯拉夫斯基的莫斯科艺术剧院所处的戏剧界没什么相似之处。商业戏剧的世界中有很多约束，比如地产，比如钱（准确来说是缺钱），比如时间限制，还有其他无穷无尽的冲突。排练的第一天，不会有导演或者剧作者把剧本读给你听。不过，你们一帮互不相识的演员会读给彼此听。这是很有意思的事。排练的第一天，会有一些在艺术上有价值也有难度的事等着你。比如你走进一间满是陌生人的房间，心跳加速，然后开始读剧本，而这个本子你可能从来没有看过。顺便说一句，今天的演员应该感到幸运，因为他们在排练的第一天就能拿到完整的剧本。曾经，演员只能拿到"台词页"——不是指试演前给的那几场戏的台词。台词页就是一个演员的全部台词，按场景打印出来，并且提示出他说台词的时间。以前在百老汇排戏时，演员就只会拿到这么个东西。因为制作人认为演员不需要完整的剧本！

在第一天，你会发现这部戏有多好，这些陌生的演员伙伴有多棒（大多数），然后你将开始这趟四到六周的旅程：匆忙，没什么时间可以浪费，因为时间就是金钱，但又得有艺术水准。自发的工作状态、新的人际关系，还有令人不安的不确定性都将给你带来创作的冲动——艺术的产生就是克服各种预料之外障碍的过程。当然，要是一个演员足够幸运，被邀请加入一家稳定的剧团，能够年复一年地和一群人一起相处、生活、工作，那么一部戏接着一部戏，你很可能就是面对同样的面孔、处理同样的矛盾、采取同样的工作方式——从丰富创作力上说，这也许并不总是最好的。

在今天的美国戏剧界，演员进入一个新剧团后，最开始的那些日子会面临一些危机。他们头顶仿佛总有一个计时器在嘀嗒地走，而他们只想发挥自己的最佳才能，不禁想要迅速取得可见的成果，好让导演放心。在这样的大环境里，可想而知，一个刚开始和新导演、新同事合作的演员可能会被诱导（或者自觉地）做出快速、高效却相对肤浅的选择：他们会急于证明自己，想要把事情做对，认为自己在面对反复出现的问题时必须总是有答案——而不是老实地回答"我不知道"，然后去进行一些有启发性的思考。

这都很自然，可以理解，最终结果也不好。正是这种冲动阻碍了好演员完成他们所渴望的最有创造性的作品。所以不要这样，按住这种冲动吧。坚持真正的自我，跟随内心那些真正的冲动，哪怕它们显得古怪。要勇于犯错，别怕丢脸。或许，在你认真完成了读剧本的初步工作之后，最好的、最有效的方法就是和演员同伴们一起排练：观察他们，倾听他们，甚至考验和挑战他们，但是一定要带着慷慨大方的态度。不要对别人做价值判断，不要现在就考虑表演中应该做什么选择。从开始读剧本的那一刻你就得明白，你那个作为演员的自我将会折腾起来，不论你是醒着还是在睡梦中，它将不断地创造你和他人之间的联系，而大多数情况下你自己都不会意识到。别管它，放开自己。将全部注意力放到演员同伴们身上，让他们所做的、所说的一切——无论他们是在掩饰或是揭露任何东西——都能被那个完全开放的你接收到，并与你产生共鸣。相信自己，你会知道什么时候应该开始考虑表演中做出什么选择，或者应该开始影响别人。时间会告诉你，排练中尝试过或否定过的众多选择会告诉你，何时以及该怎样实现剧中角色的那些最强烈的欲望。

最坏的情况

不幸的是，演员在排练的过程中并不总是能够做这样有价值的探索。演员和导演的关系并不总是能够达到斯坦尼斯拉夫斯基所设想的那种合作方式。那么我们来谈谈最坏的情况。在排练的开始阶段，有的导演可能想要演员演起来——表演起来。有的导演可能几乎从一开始就想要演员"下地"、走调度。有的导演可能想让演员在没人领导的情况下"坐排"一周，尽管他们已经准备好在排练场上动起来了。

演员最好不要把自己放在舒适区，不要带着厌恶的心情去工作，不要觉得自己比导演强。相反，就老老实实按他要求的去做，让这种不满自然地存在，并且按住那股想要反抗的冲动。哪怕你觉得他要求的做法没什么效果、让你恼火，也要带着你对这部戏的感觉一路前进。演员需要不带价值判断地进入一部戏,尤其是在创作过程的初期。所以,就算导演束缚了你的手脚,你也要把这当成一场游戏,让自己放松下来,即兴表演。记住,演员和导演之间最佳的工作方式是共同协作,是脚踏实地,在你来我往中接受、拒绝、相互试练。

现在,我们再假设在这种最坏的情况下,导演不只是在排练的第二、第三天就要演员开始表演,而且要求他们做到他一开始设想的那样。要是演员能够做到,很可能他又会让他们日复一日地重复这种表演。这很令人讨厌,更糟糕的是,甚至让人感到羞辱。这是浪费时间——演员本该把这些时间用来探索剧作中的情境、场景,探索角色之间的复杂关系,从而把最好的自己交给这部戏。

不要议论,不要抱怨。不要把用来创作的精力浪费在跟导演较劲上。我建议你老老实实地按照导演要求的去做。(你甚至可能会发现有些做法你还蛮喜欢的!)让他知道选了你是个多么正确的决定。这样会降低他的焦虑感,或许还有他的不安全感。按他的方式做几次——确实是浪费时间,但还是要做。然后,等你觉得他不再需要你的安抚时,就跟他谈谈。告诉他,你现在需要一些时间来尝试其他的方法、其他的表演方式,还有人物关系中的其他一些元素。向他保证你总能够回到他最初设想的那种结果——你不会忘记。告诉他,你需要一些"演员"时间,以便更加充分、更加游刃有余地达到他想要的效果。然后希望他会说"好吧",不管他有多不情愿;希望你能够在角色和关系中找到新的元素,让他不由得大吃一惊。你会觉得这样做浪费了宝贵的时间和精力,但比起好多天不跟他说话，跟他生气、较劲，这终归是更好的方式。

好，再来假设不管演员发现了什么有趣的东西，导演都视而不见、充耳不闻，就是要他最早认定的那个选择；不管演员做出了多好、多有创造性的反应，他还是要回到他原来那个俗套的想法上去。

我经常给我的学生假设一个荒谬的情形，比如你演哈姆雷特，导演莫名其妙地要求你在说"生存还是毁灭"这段独白时一直把双手放在头顶上。那你就把双手放在头顶上。不要跟他理论。把你的手放在头顶上，认真地创造这个非凡的时刻，并且尽你所能完成这段表演——毕竟，"生存还是毁灭"跟你的手放在哪里没什么关系。当你这么演了两三回，要是他还没意识到这个想法有多蠢，而且不管有道理还是没道理的沟通都没法改变他的执念……那么，演员们，是时候退出了。或者被辞掉。到了一定程度，艺术创作就不可能再妥协了。要知道，大幕拉开的时候，站在台上的人可是你。

但不要搞错：创作中产生分歧是不可避免的，也是必要的，事实上也是有用的。来回拉锯、互相迁就、愿意接受和拒绝让步，这些都是这个创造性过程中令人兴奋的部分。甚至有时候，激烈的冲突能够带来最意想不到、最有价值的艺术效果。所以，大方一些吧。一个好演员能够用好多种方式来演"一秒钟"，并且演得很好，即便用的不是他认为最好的方式。如果你对每分每秒都锱铢必较，你会在重要的战役中落败。所以一定要有选择地战斗。

有种看法是，演员就像称职的士兵，接到什么任务都要执行，无论他感到多么抗拒。不管怎么说，我很反对这种看法。当大方和包容没能解决问题的时候，为自己和自己的艺术观念而抗争有可能会让演员被辞掉。而他应该对这种可能性做好心理准备。有一天，我在《纽约时报》上看到一则报道，说克勒曼因为与一部戏的几位制作人存在艺术上的分歧而离开了剧团。第二天，克勒曼在给报社编辑的一封信中说："没什么艺术分歧。我被解雇了。"没什么漂亮话。他做了他想做的，而他们不喜欢他那么做，所以把他解雇了。干得漂亮，哈罗德！

克勒曼从来都很清楚，他享受的是团队创作的那种快乐以及取得的创造性价值。在同人剧团是这样，在其他剧团是这样，在斯坦尼斯拉夫斯基的莫斯科艺术剧院也是这样。乐手在一场爵士乐三重奏或古典乐四重奏中是这样，球员在棒球赛中完成一次高难度的双杀是这样，演员在一场高质量的排练中也是这样。演员渴望的就是这种团队协作的冒险旅程。

09　行动、阻碍和即时性

在创造出最深刻的表演的所有奇妙因素中,有三个总体原则始终贯穿角色创造的过程,它们就是:行动、阻碍和即时性。

合理可行的行动

首先,大概是最重要也是最简单的一点:表演就是行动。用言语行动,用身体行动,因为角色想要、必须要一个什么重要的东西而行动。感觉是一种结果——一种准备的结果,一种与情境、角色和关系相关的选择的结果。演员的情感反应既来自排练第一天他带来的一些个人属性,比如他的神经系统、性格和悟性,也是对演员同伴带来的他们的个人属性的反馈。此外,情感非常想要或需要某种东西,并为此采取了某些行动的结果。当演员进入肌肉放松、保持专注的状态,深深地沉浸在他个人或剧作的事件中,情感会自己冒出来。所有这些将会带来在身体和情感层面都符合逻辑的行为。好的表演要求演员能够设计出合理可行的行动，从而帮助自己表达乃至最终实现内心深处最强烈的情感需求。

文本是剧作者的工具。剧作者想要人物展现（或者甚至是掩饰）的所有东西都在文本里。不管剧作者的文字表达得多么清楚、多么有启发性、多么精彩，演员如果只是条理清晰、生动流畅地把它们讲出来，也还是不够的。讲台词时必须带着内心的渴望——某种重要的渴望、某种足以改变你人生的渴望。台词背后是行动，而剧作者创造出的激情的、优美的、有力的语言也让你达成渴望的过程有更多的可能性，更丰富，也更圆满。演员的工作就是要留意文本中的每一处暗示，不停地提出问题（但是要否决那些太简单的答案），这样他才能发现角色内心最深处的、有时候还藏起来的欲望到底是什么，并且通过行为将角色的真实揭示出来——甚至揭示给剧作者。

所谓合理的、可以完成的那个东西，就叫作"行动"。能够导致行动的深层欲望同样可能导致简单或复杂的身体活动。比如，海达·高布乐烧掉乐务博格的手稿这个活动，就可以看作是她在整部戏中受内心欲望、需要的驱使而采取的最后一个绝望的行动。深层的欲望会导致某个行动，进而引发某种活动。

认识到某种欲望并为它做些什么（也就是行动），这样的想法并不是演员所独有的。或多或少，这是我们日常生活中几乎每天都会做的事情。我究竟想要什么，我要做些什么来得到它？艺术创作中（或许生活中也一样）会冒出一些类似的问题，比如：为了自己想要的东西，我愿意付出多少？我愿意放弃什么？或者我愿意做出多大改变？剧作者给了你一篇文本作为行动蓝图。这篇文本会引领你前进，也会向你提出挑战。它里面藏着秘密，这些秘密一旦解开，你就会知道什么是必须做的——不是能做，不是也许会做，甚至也不是为了实现欲望而应该做。最彻底、最根本的问题是："什么是必须做的？"在排练中，即时得出的答案对或不对，或者是不是你最终会用的并不重要。重要的是它能够推进蓝图的实现，也就是给你带来合理的、可以完成的行动（这些行动将接受评估）。这种即时行动的价值在于，排练完了，演员可以考量自己所做的行动选择，然后问自己："我做到了吗？我得到想要的东西了吗？"

一个建议：演员在选择了某个想要的东西，并且选择了某个非此不可的行动来得到它之后，一个有效的做法是接着问自己："我想要这个那个是为了……干吗？"这样刨根问底能够让你继续剥这颗洋葱，让你不要满足于做出一个不过是想来合理的选择。继续刨根问底，你将会剥到洋葱的核心。不要指望找到一个正确的或"漂亮"的答案，这只会让你的思考止步，你的创造性探索也就无法深入。要求自己继续去探索更深层的欲望以及更具体的行动。

在生活中或许不是，但在艺术创作中，冒险是必要的。在排练中，大胆的尝试是必要的。错就让它错，蠢就让它蠢，吓人就让它吓人。只在做了尽可能多的尝试之后才开始做判断。然后做选择。抛弃，重复，或者保留。艺术就是这样产生的。艺术就是演员在完成行动的过程中做出的那些最出色、最有感染力、最惊人的选择。不应该以对或错来判断。那些所谓错误的选择，愚蠢的、冒险的选择，往往会带来最让人满意的艺术成果。当演员摆脱了"想要找到正确答案"的桎梏，他所做的这些选择会融入一场表演的结构，用它们最好的方式诠释剧作家的意图。

预料之中的阻碍

在舞台上，在生活中，你在得到想要的东西的过程中总会遇到阻碍。这个阻碍就像一个努力想要游到海岸边的人遇到离岸的潮水：海岸似乎就在眼前，但他越用力游越费劲。每一次划水都要更努力，无论结果是壮举还是徒劳无功。在排一部戏的时候，把阻碍解释清楚是值得的，因为这会让你必须尝试用不同的方式得到想要的东西，而且这会创造出更强有力、更有趣的行为。当强烈的内心和外在欲望遭遇让人头疼的阻碍时，冲突就发生了，而冲突正是戏剧存在的根本。要是剧作者在作品中没有写清楚到底有哪些阻碍，这就成了演员的工作：找到它们，把它们理清楚，并且强化它们的存在。在努力战胜离岸潮水的过程中，我们会找到一些勇敢的方式，它们有时愚蠢，有时让人难以置信，但正是这些方式成就了艺术。

此刻：即时性

最后一条，即时性。试图克服阻碍所采取的行动涉及演员做了什么，而即时性影响的是演员怎么做。在完成一个行动的过程中,即时意识会强化达成相应愿望的重要性和必要性。此刻。不是明天,也不是过一会儿,就是此刻。即时性能带来生动的状态和紧凑的节奏,让人物时刻不脱离主线。在戏剧中,每一个剧作者都应该让人物对其所追求的东西有一种紧迫感。要是剧作者没能让演员产生足够强的即时意识,演员就得自己创造。著名的苏联演员、表演教师玛丽亚·乌斯片斯卡娅(Maria Ouspenskaya)就很清楚自己这种吝啬的性格,她曾说她把每一场戏演得都像是有辆出租车就等在楼下,计价器正跳个不停。我不是说每个演员都要这样,但对她来说,这就是她提高紧迫感的方式。

10　记　忆

　　在一场很长的、特别消耗情感和体能的演出之后，出色的演员常常被外行问道："我的天，你是怎么记住那么多台词的？"这就像一个赛车冠军被问道："你是怎么记住要用手捏离合器的？"不管是对演员来说还是对赛车手来说，这种问题和拿冠军都没什么关系。这不属于艺术的范畴，但它肯定是每个演员具体技艺的一部分。有些演员记忆力出众，有些则需要在这件事情上花更多的时间。有些演员在舞台上动起来的时候最容易记住台词，有些演员在排练中一遍遍重复的时候记得最牢，还有些则只能靠死记硬背。

　　我记得有一回排练——是在我脱稿不久之后（记忆还是新的）——有句台词我忘了，就找舞台监督求助，他告诉了我。然后过了一会儿我又忘了，就只好再问他。（后来又问了一遍！）最后我只好停下来，走到舞台监督的桌子前，盯着剧本那一页看了一会儿才记住。那时候我就知道，我拥有的是视觉记忆，而不是听觉的（也不是过目不忘式的，很遗憾）。

　　如果说有什么方法或者特别要注意的事，那就是：记住内容，也就是台词所表达的意思，记住将作者写下来的这个意思用言语表达出来的需要。对于一长段台词——按法国人的说法是"一通长篇大论"——演员要清楚它从头到尾的内容主线是什么。尤其是对一段繁复的、很难记住的文本，理解作者的意思能够帮演员建立一张路线图（即使不一定是作者的路线），让他更容易记住那些台词。要是演员突然忘记了某句台词，但他知道下面是什么内容，他就能够知道该怎么说。

记台词对演员来说是必要的，也是演员在舞台上慷慨呈现给观众的东西的一部分（虽然只是很小的一部分）。

不过，在我们的心理和生理记忆系统中，其他一些更神秘的方面更令我感兴趣，因为它们影响着我们日常的排练工作。有些记忆很容易。我们记得自己的姨姥姥端茶杯的样子，就把它用在了表演里；我们记得一位陌生的老人坐在地铁里的样子，就把它用在了表演里。当我们用一些奇怪的姿态、动作来表演不循常规的，更重要的是特定的行为时，我们参照了记忆库中那些不为人知的复杂秘密。假以时日，每个演员都会找到让自己的表演更加生动的一些特定的事件，也许是一些创伤。就像迈斯纳在邻里剧院告诉他的学生的那样，演员应该"把这些记忆放在内心的一个金色盒子里，爱惜地取用"。哪怕有的演员坚持认为他们不用个人经验，只用想象力和台词，他们仍会发现剧本会在不经意间触动他们的某段记忆，把他们带入自己（还有角色）的更深层的个人宇宙。

人类有能力把事件存储在记忆里，然后随自己的意愿调取——可能格外清晰，也可能模糊凌乱。记忆擅长伪装，会悄悄篡改事物的面目，耍各种不老实的小伎俩，但在演员的工具箱里，这些记忆无疑都是必不可少的一份。

我们有"怀念的回忆"。这些回忆都非常清晰，当我们重温它们时，哪怕就是现在、此刻，它们仍会在我们内心撩起一些（在某种程度上被修饰过的）过去的愤怒或快乐。演员会调取这些记忆，自觉地用在表演中，比如用来给某次上场做准备，或者用来激发想象力，从而更加准确地捕捉到角色内心所关切的东西。

我们有一些已经遗忘的记忆，即所谓"情感记忆"。遗忘的记忆？像是矛盾的修辞。这些想不起来的记忆，一旦在偶然或有意的搜寻中浮现出来，将会是强有力的。这些记忆模糊不清，当我们在记忆库中捕风捉影时，它们并不会在我们的情感或生理上引起任何对过去经验的反应。但它们是存在的，存在于我们内心的深处，只有在我们突然触到某些似乎微不足道的感觉碎片时才会跑出来。它们悄悄地待在那里，难以触及。不过有时候，这些记忆似乎不请自来，带着来自过去的种种真切的情感——那些疼痛或快乐历历在目，仿佛刚刚发生。学会如何触及这些记忆是演员技艺的一部分。

情感记忆会影响演员的当下，影响他的生理、思想和情感世界。它们或许充满了拨动心弦的、有挑战性的情感因素——要么相当积极，要么让人痛苦不堪——而且能够导致令人意想不到的行为。由于这种埋藏的记忆对我们情感的冲击是如此有力，要想发现并且使用它们就得多加练习，并且在练习中将我们的艺术洞见、个人判断和技艺灌注其中。作为演技的一种工具，对情感记忆最早的探索来自斯坦尼斯拉夫斯基。自那以后，它的效果、价值甚至潜在的风险就一直引发着激烈的争论——两位伟大的表演教师阿德勒和斯特拉斯伯格在这个问题上从来没有达成一致。

关于这个问题，我的想法严格来说不算是原创。我认为，情感记忆练习的运用，乃至它作为一种工具的价值，都需要严格地建立在三个基础之上：第一，某些特定的演员；第二，要挖掘的某些具体经验；第三，剧作中需要解决的问题。情感记忆练习及其运用一旦被演员掌握，就是用来解决大问题的。如果还有别的工具能够以更简单的方式解决问题，就应该先试试那些工具。

文学界最有名的甜点

文学中有关情感记忆最有名的例子，大概就是马塞尔·普鲁斯特在《追忆似水年华》第一部《在斯万家那边》第一章末对一块甜点和一杯茶的描述了。并不是说普鲁斯特发现了情感记忆，因为那时心理学家已经对它有所研究了。从演员的角度来说，除了记忆以神奇的方式关联在某样特定的东西上，普鲁斯特和那杯茶、那块贝壳模样的小甜点（著名的玛德琳蛋糕）的重要之处是，普鲁斯特发现，他越是想要去重新感受这股突然奔涌而出的强烈情感（以期发现它从哪里来），所感受到的情感就越微弱。只有当他没有耐心再去尝试，开始喝茶、吃玛德琳蛋糕时，这种感觉才卷土重来——随之而来的还有那个早晨他和姨妈一起喝茶、吃甜点的记忆。那么,作为演员,如果你想要再一次充分地感受某种经验,就不要只追求一个外在的结果。喝你的茶,吃你的玛德琳蛋糕。表演就是行动。

哺乳动物的记忆

记忆仍是神秘的。关于我们是怎么记忆、怎么遗忘、怎么重新想起的,都还有很多谜团。2013年,《纽约时报》报道了诺贝尔奖获得者利根川进博士和他的同事们的发现:哺乳动物(至少是老鼠和人类)的大脑有一部分能够制造完全虚假的记忆,而大脑会把它们当作真实的记忆来接受。[①] 把谎言捏造成真相。是不是有点耳熟?当然了,这正是我们演员所做的事情。剧作家给出一个虚构的故事、一个凭空捏造的东西,然后我们演员用我们的才华、技艺还有自愿协助的头脑去相信它是真的。我们的行为发生了变化,关系也被重新调整,在一段时间里,假的似乎完全成了真的。利根川博士曾这样说:"我们的大脑能够形成假的记忆,但它为什么被构造成这样?没有人知道。"

[①] 见[美]詹姆斯·戈尔曼《科学研究发现了无中生有的记忆》,《纽约时报》,2013年7月26日。James Gorman, "Science traces memories that never happened," *New York Times* (July 26, 2013).——原注

11　听从身体

1941年,邻里剧院戏剧学校已经是一个重要的演员训练基地了。学校在经济上兼精神上的组织者是艾琳·莱维松和丽塔·摩根索,这两个了不起的女人把她们的钱和心都放在了这里。她们足够明智,让这所学校成了伟大的表演教师迈斯纳的地盘。他和他在邻里剧院带的班级以及他的职业课程,在接下来的40年里代表了演员训练的顶尖水平。

不过,那天,当我们这帮满怀抱负、充满希望的年轻演员在早上9点来到46街的邻里剧院时,接管我们的是另一位大人物——玛莎·格雷厄姆。难以置信,居然是玛莎·格雷厄姆。和她搭档的钢琴师是路易斯·霍斯特——她艺术灵感的源泉。玛莎(她坚持让我们这么叫她)不仅仅是现代舞蹈的先驱,她在美国表演史上也是最重要、最有影响力的革新者之一。桑迪和校方都认为,演员身体的表现力、反应力所需要的锤炼和他的内在能力所需要的锤炼一样重要。

玛莎所有的工作都和讲故事有关(关于古希腊的故事、艾米莉·狄金森的故事),而所有的故事都只用身体来讲述。

这些故事完整、充满情感，有很强的启发性。这是舞蹈的世界，但从中我们能够了解到，当我们想要完成某种表达的时候，身体是多么重要，身体的潜能是多么丰富。戏剧表演和舞蹈表演一样，都需要身体将心理和情感的真实充分展现出来。

在我们想要把什么东西说清楚，或者想要完成什么事情的时候，我们的身体总是想要帮忙。一个有名的案例是，当人们被要求描述一段旋转楼梯的时候，不论他们说的是什么语言，每个人都会用手在空中比画一个圈。如果让一个人给你描述凡·戴克胡子①，他也会用手告诉你。身体会设法帮我们完成一些必须做的事情，它急着想要成为这个过程的一部分。演员在训练过程中无论发展出什么技能，他都必须认识到，一副能够自如地做出反应的身体是这个过程的一部分。

而相当常见的是，演员投入了大量的智力和情感，却没有鼓励自己的身体参与其中。这样的演员，用夸张的简单说法就是"会说话的脑袋"②。不幸的是（至少对于演员来说），我们从小被教导要克制、否认，有时甚至要忽视身体给我们传递的信息。因为害怕看起来丢脸或者举止不当，我们常常会拒绝那些有用的身体行为，而正是这些能影响到角色的行为，并且以常规之外的方式揭示出角色内心的欲求。好的表演，往往是身体在一个规定情境中做出的未经理智加工的、独特甚至怪异的自然反应。

---

① 凡·戴克胡子，以17世纪英国的佛兰芒派画家安东尼·凡·戴克的名字命名的一种经典的胡须造型，一般是八字胡加上山羊胡，脸上其他部位的胡子都刮掉。
② "会说话的脑袋"（talking head），原指电视节目中对着镜头说话的人的头部特写。

"身体脑"

当演员（基于他对角色心理的理解和由此做出的各种选择）在表演中进入高度专注、最真实的状态，他的身体就最能够自主地做出反应，鼓励、要求甚至推动演员去冒险。因此，如果我们的表演是真实的，是投入当下情境的，我们的身体就能将剧本里所写的东西表达出来——有时是以强化的姿态，有时则是以反对的姿态。这些自然的身体反应能够揭示出角色身上正在发生的一些有趣的信息。

身体的反应还有另一个维度。我们获取某些信息的方式是神秘难解的，这些信息确凿无疑地存在，让人无法否认，并且常常会驱动我们采取行动。它们不是从我们头脑的显意识中出现的。比如我们常说："不知道怎么回事，我就是觉得有些不舒服"，或者"说不清为什么，我就是不相信他"，或者"有什么东西暗示我……"，或者"我有种直觉"，尤其是"我只是觉得很开心，但不知道为什么"。很多时候，一些强烈的反应和感觉会不知来由地降临我们内心，而不是在我们的"思维脑"里产生。我们甚至还可能会坚持认为自己对某人或某事有一种所谓的"第六感"。我们的意识并没有参与这些反应产生的过程。也许最好的例子是一见钟情——这种时候，身体总是走在头脑前面。

孩子们对这种不讲道理的身体反应最熟悉不过了。各种突发的身体感受（对食物、对人、对噪声、对音乐）就是他们的日常。要是问一个孩子："亲爱的，你为什么不喜欢他？他是你的叔叔。"你不会得到一个合逻辑的回答。有一回,我正在看报纸,一个5岁的小男孩突然跑过来在我脸上亲了一口——看不出有任何理由。对这个孩子来说,他的身体需要表达一些东西,而他还没有学会拿什么来阻止自己的身体这么做。

对演员来说重要的是,他的身体在表演中就像敞开了每一扇门、每一扇窗的房间,不论身体脑还是思维脑有任何一丝风吹草动,他都能够捕捉到。

每当演员试图去解释他们自发的行为,他们就会下意识地进行"净化",让自己的反应不要那么动物性、那么原始。经过这样的"净化",他们与规定情境之间最基本的、个人化的联系被切断了,而更重要的是,能够产生行为的行动没有了。

在排练中,演员要像孩子一样让身体带着自己前行,而不是让身体听从提前做好的决定。与其试着去弄清楚那些令人惊奇的反应为什么会发生,不如去探索自己的身体,让它做出各种反应,在进退屈伸中试探其可能性的边界。在听到一个好消息的时候,你可能会腾地站起来,手舞足蹈——身体会感激你解放了它。在排练中,如果身体的反应是积极的,你要允许自己亲吻你的搭档,或者只是拥抱他,尽管剧本中并没有明白地这么写。当然,在这样的探索中,一定不能对其他演员有粗鲁不当的举止。记住,你的搭档的身体反应总有一些可能是你不喜欢的!

有时候,我会让演员用他们的独白来编舞。并非以简单图解的方式,而是把台词当作一种内在的路线图,将独白以具象的形体动作安静地呈现出来。或者,我单纯是让他们在感受台词的同时自发地伴上舞蹈。这种运动能够帮助演员找到台词中的新含义、更清晰地理解台词，并且能够将那些在干念台词时被压抑了的有趣且有用的行为解放出来。唱出台词也能让演员将平时也许不允许的身体经验释放出来。这样没有发声压力的吟唱会拨动情感的弦，将演员解放出来，使其在情感和身体上都能以令人意想不到的方式做出反应。在排练中，这种最为充分的探索能够让演员（还有导演）从一个更大、更丰富的调色盘里挑出最有艺术价值的反应，也会让演员的表演更生动、更有冲击力、更丰富。

当然，进行这种身体探索时，你可能会担心观众会有怎样的反应：在某个时刻，你让身体以完全自然、有机的方式呈现出来，而观众也许会觉得这样的方式不合逻辑。不用担心。不要自我审查。把最好的自己交给剧作者、导演，最后交给观众，这意味着你要在排练中勇于探索，哪怕只是为了你自己，也要找到那个即时、真实、自发的时刻。这些探索十次会有六次都是没用的。但也许就在第八次！若是没有张开双臂拥抱各种可能性，那个不同寻常的时刻永远不可能在你面前显现出来。（第七次、第九次和第十次也许只是差强人意。）

没错，不过……你也许会问："要是我没有感觉到动起来的欲望怎么办？"不要等到你"感觉"想要动起来。你等着动起来，无非是想让动作带上真实的情感。不过，演员的真理是"我动故我在"。比如，剧本里的舞台提示说你的角色很生气，扇了搭档一巴掌。也许你并没有准备好扇这一巴掌，但表演不是被动的。就算你没准备好，先站起来；就算你没准备好，走过去；就算你没准备好，把手抬起来，扇他一巴掌。相信我，这会儿你就准备好了。当你不再非要"感觉到"的时候，你会惊讶地发现，在这个情境之下的内心需求多么容易就跑出来了。

在拍特写镜头的时候，电影导演可能跟你讲："不要动来动去。"这是一个糟糕的指示，可能适得其反，因为导演真正希望你做到的是更加深入你的内心。漫不经心的运动会耗费能量，会让角色说的话变得松散无力。只有呼吸声的安静状态则是强有力的，有暗流涌动。在安静之中，所有的能量、所有被压抑的冲动都转为内在的状态，更深沉、更紧迫，而它们的这种紧迫感同时也会影响到他人。

要留意，身体会暗示你某些无意识的信息。要让身体知道你时刻向它敞开着，能够召唤它的帮助。在完成那些不得不做的事情的过程中，让身体帮你找到那些最好的方式，它们终将带着你完成你想要创造的东西。

不过，这里所谈的并不意味着忽视演员的意识和理智层面的重要性。演员要保持兴趣和好奇心，要去理解和想象作者创作这部作品的"执念"。只有通过这些，让这些工具把演员的创造域搅得天翻地覆，才有可能让身体真正带领头脑行动。解放了的身体能够强化和启发头脑。演员的技艺，说到底，就是在排练中如何将说出口的台词，台词中包含的丰富精彩的含义，来自其他演员的挑战，以及演员个人的、来自意识和无意识层面的反应融合起来。

III

在演出中

12　准备：内在和外在

这里说的"准备",并没有连那些广义的部分,也就是在演员接到那通告知他拿到角色的电话之后发生的事也包括进去。演员接到这个重要的角色,生活因此发生了一些变化:重新安排家庭生活,给方言老师打电话,甚至如果你接的这个角色是一个无家可归的人,你还可能在街上过上一夜。这里说的准备是一种工具,指的是你在一场演出之前和演出期间所做的准备工作。它就像是充电器,让演员能够进入"当下"的状态,能够进入情境中的此时此地,从而全身心地投入作者想象中的世界。

首先,清空自己

不管是在一部电影中准备一系列短镜头的拍摄,还是在剧院里准备一台时长很长的晚场演出,每一次在具体开始做准备之前,暂时断开自己与现实世界的联系,忘掉自己日常处理问题的惯性。在内心为自己创造一片宁静的空间,放松肌肉、保持专注，忘掉关于昨天或今天的一切，也不要去想未来。现在，只有简单的呼吸，只有平静。

清空自己是一种技巧，能让演员在无拘束、无阻碍、最有创造性的状态下把自己交给剧作者。从清空自己开始准备有助于演员把全部注意力都放在其他演员身上，然后创造一个开放的内心空间以容纳剧本中的各种情境。

清空总是第一步，哪怕演员此刻恰恰想要一种非常喧闹的状态来让自己做好准备。所以，扔掉所有的规则。演员往往想，现在得准备一下那个在排练中一次次试错得来的行动选择。不要去想："我清空了吗？我达到那种状态了吗？"并没有所谓的"那种"状态。最重要的是你为清空自己所做的努力。只要你已经做了你能做的，剩下的不管是什么——不管还有什么让你记挂着，或者现实生活中还有什么在你的脑子里捣乱——都将是你带入剧中想象世界的一部分。不要把任何力气浪费在否定自己上。在那个你刚刚创造出来的空间里，只有你付出的努力是重要的。

现在演员清空了自己，那他怎样进入故事里呢？经过多年的练习，那些训练有素的演员会知道到了工作场所该做些什么。或许先要清空自己，但不止于此。戏剧有它特殊的要求。首先，别管开幕前"半小时"的那声叫场，舞台监督只是为了确认所有人都到齐了。提前到场，到了之后就合理地安排你的时间。我认识一个特别棒的演员，他每天开演之前都会做五分钟的头倒立。他有这样的技能让我嫉妒，他这么严于律己也让我肃然起敬。有些人会安安静静地做会儿冥想。还有些人会听音乐，或者做瑜伽。

每一晚的演出或每一个镜头的拍摄，进入那个想象的世界都需要一个开头，迈出第一步。每一个演员都需要进行探索和尝试，从而做出一些选择。对于特定的演员来说，在剧作家创造的特定情境和人物关系中，为进入那个想象的世界做准备时，他可以做出的选择是无限的。那么，就找出最有创造性、最有力的那个选择来帮自己靠近这个新的世界。这些准备工作无论是充满了活力还是看起来静如止水，都应该能集中你的注意力，给你激励和驱动力，让你的上场变得非此不可。

内在和外在的准备

内在的准备指的是，在上场之前，演员必须在自己的内心深处对角色的需要有一个清晰的理解。正是这种与角色的内在联系才让他的上场变得非此不可。有些时候，对于一些演员来说，光是故事本身，甚至是故事的背景事件，就足以让他们创造出一个强烈而且真实的内在世界。还有些时候，潜入个人的历史经验中能够让演员直接将自己带入角色当下的情境，并且直接找到角色此时的情感反应——仿佛是从心底浮出来，送到他嘴边。时间久了，演员就能找到内心世界的阀门（我把它叫作"点火开关"），这样他就能在需要的时候随时进入。正是这种潜入内心更深层的探索才能带来最有感染力的结果。

外在的准备则关系到角色（当然还有演员）的身体状态。每一个角色都需要一种更高水平的，甚至是紧张的能量状态，这就好比需要往大脑输送氧气。舒展胸腔周围的肌肉，让膈充满空气。很多角色都需要一些激活身体状态的运动，强度或大或小，但每一场戏都会需要为肌肉和大脑输送更多的血液。不管是哪一场戏，表演都要求身体处在最有活力、反应最敏感的状态。根据场地或服装的情况做可行的运动，比如俯卧撑或者蹲起，也可以打拳。你很可能会变得紧张，但紧张是有用的。神经紧张、心跳加快，甚至呼吸短促都是身体活力的一部分。别试图去控制它、拒绝它，或者摆脱它。让紧张自然发生。把你高度紧张的状态转化为满满的活力，然后上场。一段经典的台词，不论需要哪些内在的准备，都会需要你在发声和身体状态上做好准备。要是演《罗密欧与朱丽叶》里的提伯尔特，你最好为那场决斗做做热身；要是演茂丘西奥这位舌灿莲花的情场高手，你就需要为他那段歌颂春梦婆的华丽台词认真做做嗓子的热身。演一些经典剧目，演员往往需要在声音和身体两方面都做热身。

当然，在每一部戏和每一场戏里，每一次上场都需要特定的驱动力。在绝大多数情况下，从你上场之前角色发生的事入手都会是有用的，然后在你上场的时候让这件事继续发生下去。把自己交给这些事情，它们能够影响你的内在状态和外在行为。不过，仅有合乎逻辑的外在行为往往是不够的。最重要的是要聚焦在角色的内在关切上，以及他现在想要的东西上。这意味着演员虽然读过剧本、排过戏，也要忘掉角色接下来会发生什么。上场的时候，演员关心的只应该是角色走上舞台这一刻的内心需求。

你会说:"但是,假设角色在这场戏结束的时候自杀了。这不应该影响到我上场的状态吗?"答案是:恐怕不应该。大多数情况下,在下一个可能性出现之前,最好把戏做足,先完整地演完一个行动选择。举个例子,契诃夫《海鸥》(The Seagull)里的特里波列夫。他在创作上遇到了一些困难,同时他特别想念离开了好几年的妮娜。她回来了,可尽管特里波列夫尽力挽留,她终究还是再次离开了。然后特里波列夫选择了自杀。当演员经历整场戏的时候,最重要的是特里波列夫有多么渴望妮娜留在他身边,以及他多么确信自己能够说服她留下来。演员对他能够成功的信念越强,妮娜的离开就越艰难。特里波列夫必须尽力让她留在他身边,直到他终于精疲力竭,意识到一切努力都是徒劳的,他不得不直面这个无力改变的现实。只有当妮娜离开的时候,我们才看到"特里波列夫离开她就无法活下去"这个可能性逐渐浮现出来。而在这场戏里,演员在意识层面不应该有自杀的念头。

每一个演员都会构建自己的路线图,这需要在内心探索和发现自己需要而且也属于自己的那种准备——那个"点火开关"。乌塔·哈根[1]演《乡下姑娘》时,在第一幕第三场轮到她上场之前会一直站在舞台的侧翼,一边嚼着一大块粉色的泡泡糖,一边仔细看着舞台上角色们的一举一动,听他们在提到她的角色时说了些什么。到她上场的时候,她会把嘴里的泡泡

---

[1] 乌塔·哈根(Uta Hagen, 1919—2004),德裔美国著名演员、表演教师,曾凭借《乡下姑娘》(The Country Girl)和《谁害怕弗吉尼亚·伍尔夫?》(Who's Afraid of Virginia Woolf?)两获托尼奖最佳女演员奖。其著作《尊重表演艺术》(Respect for Acting)已由后浪出版公司出版。

糖拿出来，摁在墙上，然后迈上舞台。这就是她给这场戏做准备的方式。多年以后，我问起她那块泡泡糖是怎么回事。她告诉我，那玩意嚼起来比较费劲，算是一种激活锻炼，另外，也是因为听到角色的丈夫说了一些关于她的谎话让她有些火大。

总而言之，演员在"上场"的时刻不只要让身体活跃起来，也不只要投入必要的情感，最重要的是把自己的身心调整为肌肉放松、全神贯注的状态，从而自如地运用它们。相信自己，你为这个时刻所做的全部思考和准备工作将会帮你完成它。还有，保持呼吸。一个人在跳进泳池之前会本能地深吸一口气，然后屏住呼吸。不要这样！把气呼出来再上场。在你开始让角色的世界发生改变的时候再吸气。

拍电影的准备

关于电影演员的准备，唯一可以确定的一点，就是这件事不可能说清楚。对于戏剧演员来说，到剧场之后准备工作基本上都是一样的。时间线是一样的。每天晚上的演出也是一样的。尽管每晚的演出都会展现出其独一无二的方面，但剧场里总会有一个过去我们叫作"催场员"的家伙，他会通知演员："请注意，15分钟……5分钟，伙计们……"而且每次听到催场，演员总会回答一句："谢谢！"最后，是："各就各位！"演员的心跳开始加速。然后总是："开幕！"（尽管有时候并没有幕布。）

拍电影的时候，你唯一可以准备的是你的化装、服装和发型,然后就是等。等啊等,漫长的等待,今天在外景地等,明天在摄影棚等。可以给这些漫长的等候时间做点安排。挑本书带上,这能让你不会总去关注自己或者总去想一会儿该怎么演这场戏。保持平衡的心态。接下来你要做的充其量是一系列即兴练习。

和演舞台剧的时候一样,基础的准备工作也是想清楚角色在这场戏之前,就是导演喊"开机"之前在干什么,这会很有用。有些时候你可能需要一个人保持安静,或者你也可能觉得在人家喊"到你了"之前和片场的伙伴们聊一聊会是有用的做法。但要注意着点时间,不要让人家喊:"快点,到你了。"如果快到你了,就调整一下呼吸,确保自己可以深呼吸,处在放松、自然的状态。坐拖车去片场的路上可以做一些放松练习。然后,可以悄悄地把自己当成角色(这样周围的人就都不知道),让自己在身体和情感上都代入角色的状态,甚至在你跟置景工、服装师聊天时,或者在你走到自己的位置上时也代入角色的状态。这也许是一个有用的方法,但不要"排练",也就是不要在头脑里反复演练你该怎么去做角色接下来要做的事情。记住,这得是即兴的。

拍电影的时候,就算给了你日程安排,实际拍摄时也不可能完全照着进行。拍摄的场地和进度每天都可能有变化。而且,任何一个镜头的拍摄,你都不可能为整个故事做准备(即便你的角色有幸经历了整个故事)。可能在开拍的第一天,你的角色就在棒球世界系列赛上赢了,余下的日子里拍的都是他在小联盟时的故事。

尽管有这些困难，拍电影有一样特别的好处。拍电影要求并且鼓励表演的自发性。在舞台剧里，演员要尽力让每次表演都像是"第一次"发生；而在拍电影时，表演往往就是第一次发生，没有排练的机会。所以，电影需要一种在内心即兴的能力。哪怕一模一样地再来一条，也是一次有趣的挑战。挑战并且在艺术创作中解决问题，正是表演者的乐趣所在。记住，让你能够将自己的人生投入表演的，正是这样的未知和风险，它意味着你在表演的每个时刻都要保持完全的活力——不确定，担着心，但是充满活力！

不同类型演员的准备

在准备阶段和正式演出的过程中，一个演员应该做内在的工作还是外在的工作？关于这个问题有很多讨论，甚至是争论。这种非此即彼的讨论是愚蠢的，没有意义。好的演员一定是两样都做。不过我相信，不论演员从内心还是外部开始，当他能够义无反顾地将内心隐秘的自己同作品要求的内在真实联结起来，当这种内在的真实深深地植入他内心的时候，他外在行为的表现力也会增强很多。经过一些年月，演员就能够找到每次开始工作的最佳方式了。有些演员会先本能地形成一套明显的身体动作，有些则需要先做一些内心的工作才能让身体发生变化。对于一个好的演员来说，从哪里"进入"表演往往取决于角色的具体情况或者剧作的表达和态度，甚至是剧作者的表达和态度。

我曾经和一位杰出的演员露丝·怀特（Ruth White）一起出演过约翰·卡拉丹（John Carradine）担纲的《烟草路》（Tobacco Road），这部戏讲的是大萧条时期流离失所的贫困农民的故事。排练的第一天，露丝穿着一双破得快要散架、脚指头都遮不住的鞋来了。"你这鞋是怎么回事？"我问她。作为一个典型的内在导向型演员（今天我们叫"方法派"），露丝是这么回答我的（一字不差）："亲爱的，我总是从脚开始。"第二天我开了个玩笑，光着脚就来参加排练了。我不知道这是不是真的好笑，但我吃惊地发现这真的有用。后面所有的排练我都是光着脚参加的。15年后，在萨缪尔·贝克特（Samuel Beckett）的《美好的日子》（Happy Days）的首版演出中，露西出演了温妮。这个角色在整部戏中都埋在沙子里，我一直都想知道她脚上穿的什么。

面具、面具背后，以及面具所揭示的

一些优秀的演员发现，不论他们和剧本中的角色靠得有多近，总还是需要一些小的、也许不可见的身体变化，比如换一个发型、加个八字胡、修一修眉毛、戴个假鼻子，或者穿一件领口太紧的衬衫。这些变化是种面具，在面具背后，演员更能够生存下去，把内心深处真实的东西展现出来。当然，这些演员也乐于变身，从一个角色切换到另一个角色，让观众认不出他们的真身。有人说，在最出色的小丑表演里，红鼻子就是一张最小的面具，在它的掩护之下，演员内心傻乎乎的小丑才好溜出来让大家看到。① 这种演员想要在照镜子的时候自己都认不出自己。想想奥利弗和梅丽尔·斯特里普（Meryl Streep）。（斯特里普是一个模仿大师。她不管是演玛格丽特·撒切尔还是朱莉娅·蔡尔德都可以假乱真，② 这既得益于她令人叫绝的表演才能，也得益于她非凡的模仿本能。）

有时外在的改变相当细微，只有演员自己知道。有一次科沃德演他自己写的一部戏，在第一幕里他穿了一条棉质的内裤，第二幕穿了亚麻的，第三幕则穿了丝绸的。整部剧里并没有他脱衣服的戏份，他这么做完全是为他自己。有些女演员在排练的早期也会有意选择特定的内衣。总之，这些改变并不需要人看到。

也有些优秀的演员在他们和观众之间什么也没有的时候，反而能够以最真实的面貌表演。他们往往会（也一定会）表现出不同的自己，但总是能够让人认出来那就是他。想想马龙·白兰度（Marlon Brando）或者凯文·史派西（Kevin Spacey）。白兰度总是通过自己内心情感的赤裸展露来触及角色灵魂的深处。不管是演玛克·安东尼还是斯坦利·科瓦尔斯

---

① 这一概念出自瑞士小丑表演大师皮埃尔·比兰（Pierre Byland），是他"首先将著名的红鼻子介绍到"雅克·勒考克国际戏剧学校。"红鼻子，这个全世界最小的面具，帮助每个人将他的天真与脆弱释放出来。"（见［法］雅克·勒考克：《诗意的身体：雅克·勒考克的创造性剧场教学》，马照琪译，四川文艺出版社，2018年，第196页。）
② 斯特里普曾在电影《铁娘子》（*The Iron Lady*, 2011）和《朱莉与朱莉娅》（*Julie & Julia*, 2009）中分别出演英国前首相撒切尔和美国名厨蔡尔德，并凭借前者获得奥斯卡最佳女演员奖。

基,① 他都还是白兰度,可又是如此不同,给特定的角色带来深度和令人信服的真实感。

一直以来,都有一些严肃的、重要的演员在选择必要的外部形体动作之前,必须让自己的内心世界同角色的内心世界形成联系。一直以来,也都有一些杰出的演员,他们的才能首先在于能够创造出非凡的外部形象、声音和行为,无论在喜剧作品还是严肃作品中都是如此。在剧作者的帮助下,演员们总是能够为我们打开一扇窗,让我们看到突如其来的、犀利的、清晰可辨的人性真相,从而认清我们自己。

---

① 白兰度曾在电影《裘力斯·凯撒》(1953)中饰演古罗马军事将领安东尼,在百老汇戏剧《欲望号街车》和1951年的同名电影中饰演男主角科瓦尔斯基,美国社会中下阶层一个脾气暴躁的丈夫。

13　在演出中

首演之夜。你站在舞台侧翼,心脏跳得很快。舞台监督喊:"各就各位!"你听到你的上场指令了。在上台进入戏剧世界前的这个时刻,在每一场演出中的这个时刻,无论此前的排练有多充分,你都正在经历演员生涯中最有魔力的变身时刻。

一个演员如果没有现场演出的经验,就不能完全理解这个时刻。导演在电影片场喊"开机"的时刻和它比较像,但还是不一样。带着既喜悦又恐惧的心情在一群活生生的观众面前表演,这是演员想要生活在想象情境中的初心不可或缺的一部分,而所有的喜悦与恐惧都能在这个上台前的时刻充分感受到。此刻的美妙,正是我们想要成为演员的原因;此刻的可怕,有时也会让我们怀疑自己为什么要做演员。在即将上台之时,演员仿佛一直处在悬崖边,或者老像是头一回站在高高的跳水板上。在这个时刻之前,一切都是准备。而一旦上台,艺术创造的大门就此打开。

没有活生生的观众,就不算完整的表演经验。排练只是排练。就算是最后的彩排仍然只是排练,尽管一样有团队协作,一样有创作的喜悦和满足,但它还不是真正的艺术。排练中所有的希望、发现甚至绝望都必须和观众分享才行。

大幕拉开前这个时刻的快乐可能会让一些演员继续演下去,而其中的痛苦也可能让一些非常不错的演员对舞台敬而远之。这种痛苦我们叫"怯场"。这种恐惧不讲道理,明知是荒谬的,但在心理上却给人带来真实的痛苦:突然尿急,口干舌燥,心跳加速,因为害怕演砸而"冷汗直冒"——这个形容确实恰如其分。不过在这个"上台之前"的时刻,更多也更重要的情况是因为即将到来的挑战而感到强烈的兴奋,充满期待,感受到肾上腺素的飙升,由内而外地充满活力。对于演员来说,这是最美妙的时刻,正因为有这样的美妙,我们尽管清楚地知道表演这条道路充满艰难险阻,却仍乐于继续走下去。演员所做的一切,最终都凝聚在这个让我们走上表演生涯的决定性时刻。

用莫斯科艺术剧院了不起的导演弗拉基米尔·涅米罗维奇-丹钦科[①]的话说,建起一座漂亮的建筑,找来一支乐团、一位出色的制作人兼导演,准备美轮美奂的布景——到这一步,还不算有戏剧,而只是有了一座条件不错的建筑。但当三个演员走上一处开阔的空间,在地上铺上一小块地毯,开始表

[①] 弗拉基米尔·涅米罗维奇-丹钦科(Vladimir Nemirovich-Danchenko, 1858—1943),1898 年与斯坦尼斯拉夫斯基共同创建了莫斯科艺术剧院,此后联合执导了契诃夫的《海鸥》《万尼亚舅舅》《三姊妹》《樱桃园》和高尔基的《底层》等名剧。其著作《文艺·戏剧·生活》(*My Life In The Russian Theatre*)已由后浪出版公司出版。——编注

演时,就算有戏剧了。

所以,要有戏剧,就必须有演员。我想还必须有观众。除此之外,再没有什么是必不可少的了。即兴喜剧是不需要作者的,尤其是在 16、17 世纪。在西方世界的戏剧经验中,即兴喜剧占据了最主要的部分。它是滑稽的,笑点粗俗,表演方式是即兴的,完全由演员在场上根据角色进行发挥。它的角色行为、故事情境还有笑话(他们叫 lazzi[①])经常会重复出现,而并没有剧作者。它属于在街头表演的喜剧,尽管偶尔会巧妙地反映人的处境,但即兴喜剧本质上想要做的只是让你发笑——笑戏里虚构的"别人",也笑自己。但这样是不够的。

这样是不可能够的。演员需要剧作家,尤其是杰出的剧作家。或许,即兴喜剧给我们的最了不起的礼物是莫里哀,他让我们看到了大笑背后的东西。演员需要剧作家,尤其是杰出的剧作家。从即兴喜剧的时代回溯大约 2000 年,古希腊和古罗马的剧作家已经给当时的观众写过类似的粗俗滑稽剧。而那些观众也能看到俄狄浦斯王、美狄亚和厄勒克特拉。[②] 戏剧要想有挑战性和启发性,甚至要想揭示真理、触及内心,戏剧和演员就需要真正的剧作家——他们在创作中表现人的处境,表达新的、精彩的洞见,给观众带来挑战。这样的作家也给演员带来挑战,因为他们需要把剧作家关于人的看法传递给观众。这样的剧作家写出来的作品才会在历史的长河中流传下去。

[①] lazzi,意大利语里指即兴喜剧中演员经常使用的幽默言语或者滑稽动作。
[②] 三者均为古希腊悲剧主人公。

西登斯、埃德蒙·基恩和杜塞将平庸的情节剧变成了扣人心弦的戏剧，但他们需要莎士比亚和易卜生来让他们作为演员的潜能充分释放出来。很遗憾，我们只能通过一些评论家的文字间接地感受他们令人惊叹的表演了。谁会不愿意让世人看到伯比奇在莎士比亚的《哈姆雷特》中的表演呢？20世纪20年代，年轻的斯特拉斯伯格亲眼看到杜塞的表演，他的人生从此改变——一点也不夸张。卡赞听李谈到那次看戏经验后，两次在半夜（百老汇所有演出落幕后）召集剧团的演员到他的排练室来听斯特拉斯伯格讲杜塞的表演。让人难以置信的是，斯特拉斯伯格曾经讲到半途讲不下去了，泪流不止。我在一边亲眼看到，卡赞过去搂住李的肩膀安慰他，一直到他平复下来。

某个晚上的演出无论多么扣人心弦，都永远留在了过去。这也是现场的戏剧令人无法摆脱的一份绝望。[1]

戏剧的"铁三角"

通常，戏剧被理解为"剧作家—演员—观众"的团队协作演出。关于这个协作团队，从直觉上看，剧作家是首要的。从表面来看，似乎确实是如此。不过，在创造一次有意义的戏剧经验的过程中，这种协作必须像是一个等边三角形——三条边一样长。我是说，观众、剧作家和演员同等重要，每一方

---

[1] 坐落在林肯中心的纽约公共图书馆表演艺术分馆至少会用影像记录下在百老汇首演的每一部戏，让我们了解当时的情况。——原注

都依赖着其他两方才得以创造出戏剧。

当然，戏剧是从剧作家开始的。不过，剧作家创作的是文学，是写在纸上的戏剧。不论戏剧家的文笔多么优美、出色，创造出的情境和人物有多么扣人心弦，这都还不是戏剧。直到剧作家把他的作品文稿交给演员。"给，"他带着些不安说，"有了你的帮忙，它就是戏剧了。"有时，这份礼物（因为剧本对演员来说就是一份礼物）会被演员误解和误用。它被浪费、被肤浅地曲解，它还是成了戏剧，却是糟糕的戏剧。不过有时候——甚至我会说是大多数时候——剧本会给演员带来灵感，演员将剧作家想象中的世界鲜活地、充满热情地呈现出来，将纸上的文字变成此前从未有人见过的真实立体的人物。往往，剧作家自己也会感到兴奋不已。

不过，这仍然不算是戏剧。它必须呈现在观众面前，而且最好是——一大群观众。演员喜欢台下座无虚席。他们会问："观众席的情况怎么样？"挤满人的场子让他们感到有干劲。而观众也乐于坐在爆满的座席中间，享受大幕拉开前四周传来的兴奋的细碎声音。灯光暗下，观众席静下来，大家在期待中屏息凝神。然后，舞台监督一声："开幕！"戏剧的魔法开始上演。

在这个非同寻常的事件中，演员贡献了什么？

技艺、经验与艺术

艺术之于演员，并不是一些过分夸张、无意义、泛泛的总结。演员在其中会有一种发自肺腑的快乐，一种将自己内心最深处的东西分享出来的快乐：在朝某个目标前进的过程中，有兴奋也有怀疑；失败会真真切切地发生，丰饶的成功也会静静地在前方等待。

作为戏剧"铁三角"的一分子，演员的艺术职责是要活在剧作家创造的角色里，在每一句话、和其他人之间的每一段关系和所处的每一个情境中去体验角色。这要求演员在一开始的时候就花上很多的功夫吃透剧本。这也意味着演员要去读读这位剧作家的其他作品，借用莎士比亚的话，就是要"探出他神秘的领地神秘在哪儿，把他的声音从最低沉到最高亢的音符都听个遍"[1]。在作家的神秘领地中，藏着他创作这个特定作品的原因和过程。如果你要演《欲望号街车》，就去读一读威廉斯早期的那些独幕剧。如果你要搞懂《回家》(The Homecoming)，就去读一读哈罗德·品特 (Harold Pinter) 早期的那些短剧。如果你要演谢泼德20世纪80年代的作品，就去读一读他60年代的作品。

能够把剧作家写的台词清晰明了地从自己口中讲出来，对于演员来说是不够的。讲的时候运用理智、带着感情是不够的，就算有自己的理解，讲出了台词的微妙细节、特质、肌理、层次，也还是不够的。只"停留在台词上"是不够的。试想一座冰山。我们看到水面上浮着的巨大冰块，在光与影的衬托下显得漂亮、壮观、无比夺目。但真正给我们带来震撼，同

---

[1] 源自《哈姆雷特》第三幕第二场的台词。

时还伴随着危险和刺激的,是没在水下的部分——比你尽情想象所能设想的还要庞大100倍。我的意思是,水面上的冰山相当于台词,它的存在当然是建立在水面下更庞大的冰山之上的。有的剧作家会这么要求演员:"我想要的就是,把我写的台词清楚明白地讲出来。"不过在我的经验里,那些最好的剧作家不是这样的。当演员表达出他们在文本中没有写明的东西或者他们所期待的东西时,他们会感激演员的投入,也会对演员的参与感到兴奋。

在表演莎士比亚的韵文体台词或者诗句时,充分表现其丰富性和感染力是非常值得的,也是非常难得的。但这依然是不够的,即使人们常说,莎士比亚"没有潜台词,一切都在台词里"——事实并非这样,也不可能是这样。任何人的存在都不可能没有潜台词,它就在那里,蠢蠢欲动,时而浮到水面上,时而小心翼翼地潜行。我们都可以躲在角色的台词里,把真相藏起来。在表演任何一位伟大剧作家的作品时,我们都有很多时候主要是用台词来表现角色,这意味着我们必须通过台词来推进角色的行动。只有这样,某个突然的停顿、某个动作的实现才会产生一些有意义的结果。

因此最重要的是,演员必须努力去发现剧作家想要挖掘的那些人类体验。一个有用的做法是演员自行给角色创作一些背景故事,即兴表演一些剧作时间之外的场景和事件。在排练中,演员必须像这样试着深入一位好剧作家的作品核心(甚至是灵魂),然后开始在自己内心寻找自己同角色的联系,这些联系能够启发灵感、触动情感,并将有力地影响到角色的行为。

有时候，演员特定的记忆细节，无论是身体上的还是情感上的，都能够对角色的行动和角色之间的关系产生影响，这种影响并不是角色掉了几滴肤浅的眼泪，而会以某种最独特、最真实也最震撼人心的方式体现出来。还有些时候，演员个人的经验只是一个开始，像驱动演员内心马达的点火开关一样。演员必须永远有前行的意志，不断打开自己想象力的大门，允许剧作的规定情境和其他演员的行为带来惊异和不安，创造出预料之外的东西。演员用各种神秘的方式将他们的想象、幻想与个人经验混在一起，揉进故事的脉络中。这些神秘的方式是难以量化的，甚至演员自己往往都不能完全想明白。

有很多演员并不想用自己的个人经验，而只想用想象力和剧作的故事。我觉得这样也行。当这两样东西创造出非同寻常并且令人满意的真相时，表演也会达到想要的结果。不过，当演员的直觉不起作用的时候怎么办？这就需要工具和技巧，即表演技艺了。这时候，有意识地运用个人经验，以艺术的方式运用这些经验，往往能帮演员以最投入的状态进入戏剧情境中。

有意思的是，有时候演员拒绝调用个人经验，只想让剧作的故事和个人的想象带领自己的时候，却恰恰更容易被触及内心深处——这会让他自己都感到意外。他的直觉反应会让他震惊，甚至惊喜。最可能的解释是，此刻他的无意识在他内心深处打开了一条个人的连接通道。要是这样的话，当演员的直觉不起作用的时候，当戏剧的真相难以破壳而出的时候，当演员只能进行理性思考的时候,为什么不通过演技的锤炼让自己学会调用个人经验呢?经过多年的训练,演员可以发展出一套个人的技巧,将剧作的具体情境,也就是某个时刻他具体所处的情境,同他个人经验中能够对这部戏的当下情境产生影响的那些元素融合起来。

有些演员过于专注于自我,只关心自己的经验(尽管这可能很重要),以至于把剧作家想让他们做的理解得很局限,表演台词的时候满是自我沉醉式的泛滥情感。这违背了斯坦尼斯拉夫斯基对表演的理解和他所发展的表演体系。这是对20世纪最伟大的表演教师所教授的东西的曲解。而这样的人里有些就是斯坦尼斯拉夫斯基的徒子徒孙,太多时候,他们应该为那些糟糕的演员贡献的糟糕表演负责。

演员和观众

面对观众,演员所能奉献的最慷慨也最必不可少的东西,就是最深层、最有经验、技艺最精湛的自我。这个自我是他所演的角色的模样,不加修饰,并未因为演员自我意识的压力而显得混沌不清,而且其中灌注了演员所理解的角色的真实。当演员奉献出这样的"自我"时,观众就仿佛被某个真理直接、有力地击中,连呼吸节奏都发生了变化,身体也静止了,注意力被牢牢地抓住。当演员对观众产生这样的影响时,演员自己是知道的:在所谓"处在巅峰状态"的时刻,在演员全然投入剧情中的时刻,他们能够从观众席的突然安静中感知到这样的变化。这样的时刻令人沉迷,也令人难以捉摸。

作为一个年轻演员,我第一次意识到每一位观众都在跟我共同呼吸、共同投入当下并时刻等待着下一秒会发生什么,是在 1942 年的夏天。我和五个朋友去了卡茨基尔山珍珠湖度假庄园的"博尔施特环线"当娱乐演员。每天晚上我们演的节目都不一样,歌舞、杂耍、游戏,还有戏剧!有一天晚上,我们演了一个片段,出自奥德茨写的一部关于二战前纳粹德国的戏,叫《到我死的那一天》(Till the Day I Die)。这部戏很有鼓动革命的热情,跟奥德茨最有名的左翼戏剧《等待老左》(Waiting for Lefty)是在同一年写的。我的密友兼同事多尔夫演一个抵抗战士,而我演一个纳粹少校,想方设法要让这位战士招供。我演的这个角色从未真的坚定地信仰纳粹主义,在我们演的这场戏中,他没有对战士用刑,也没有拿集中营来威胁,而是决定放战士走。在那个时刻,他知道自己完蛋了,决定开枪自杀。我记得,在多尔夫离场之后,我静静地在舞台上坐了一会儿,想了想该做什么,而这个片刻在我们的仓促排练中是没有的。突然我感觉到观众的安静,感觉到他们在我静静地、深深地呼吸时屏住了呼吸。虽然此刻我和纳粹少校角色的困境完全联结在了一起,但我意识到,观众正与我共同感受着这个时刻。于是我打开了抽屉,掏出一把枪。我把枪举起来对着自己的脑袋。舞台灯光暗下。

观众和演员共同经历了剧作家创作的某个事件,也就是说,我们三方一起创造了这个时刻。在此之前,我还从未体验过这样的感觉。这是我第一次尝到与观众心连心的滋味,并且同时还生活在剧作的世界中。我就这样不慌不忙地从这个时刻中得到了领悟。

现在回想起来，这样的时刻之所以会发生，是因为在这个停顿（这个我们排练时没有过的停顿）中我要摘下纳粹臂章，不巧它别在衬衫上摘不下来，于是我得解决这个问题。我集中注意力，不慌不忙地设法解开别针，摘下臂章，打开抽屉，掏出手枪。在这一连串的行动中，是我对每一个动作的专注让观众的心和我连在了一起。演员的专注会带来观众的专注。我对自己动作的注意力使观众能够更深地投入他们正在经历的时刻。我拒绝了"演"，拒绝了"做戏"。在这个停顿中，只有沉静与从容，"演员-角色"或"角色-演员"只想着接下来应该做什么，这才是关键。

停　顿

在表演艺术中，有很多关于停顿的词语：诗律的停顿、音律的停顿、震惊的时刻、休止、静默。而停顿不只是在艺术中才有。

比如在棒球中。比赛到了第九局的最后时刻，即将一球决胜负，最好的投手上阵，最好的击球员在本垒严阵以待，全场4.5万名观众屏息凝神。[1] 只见投手身体前倾，精神高度专

---

[1] 在棒球比赛中，投手要做的是将棒球投给接手，而击球员要做的是将棒球击飞。投手站的位置叫投手板，击球员站在本垒一侧，接手站在本垒后方。击球员成功击球后，还要迅速从本垒跑到一垒。

注在大约18米之外的接手的手指上——接手正用手势沟通这一投的投法。如果投手微微摇头，这种高度专注、动作停止的停顿就会持续。然后，接手换了一个手势，投手点点头。于是停顿结束，接下来将是熟练的投球动作，棒球以高达150公里的时速从空中划过。

而在戏剧中，停顿可以像最精巧的台词一样严肃、意义丰富，这种特点甚至比在生活中还要明显。对于听的人来说（在戏剧中就是观众），停顿的内容或许重要或许不重要，但绝不会空洞无物。停顿有很多种，比如动作停止、说话停止、无意中停下、突然领悟。既有出色的停顿，也有毫无意义的、糟糕的停顿。

在表演中，通常的停顿是那种并非主动选择的临时"想"动作或台词的停顿。这种停顿要是穿插在整个演出中，会让真正的停顿变得毫无意义。有人说，演员在相信自己将要说的台词之前就不应该开口，我不同意这种说法。就算是在排练中，这样做也会破坏表演的即时性，阻碍演员找到节奏和逻辑，使表演完全没有真实感而且以自我为中心。这种想法顶多是一种教学工具，只针对那些不能（或不愿意）领会台词深层意义的演员。要求演员有技巧地"掐着点儿接台词"①是一个不错的想法。顺着台词演下去（但是不要暗示接下来的情感内容，不要撒谎）。在生活中，我们总是想要做出某种反应，因为我们总是急切地想要这么做。我们有一些必须满足的欲望或者需

---

① 指在对手演员说完最后一个字时立即说自己的台词。

要，在大多数情况下是通过言语表达（伴随着动作）来实现的。哪怕不知道该说些什么，或者不知道该怎么说，我们也会开始说，然后一边说一边想。对于演员来说，这也是个不错的建议。

演员应该不断努力培养做出回答的愿望，就算他觉得台词写得不好，或者哪怕他决定完全不讲出这句台词。但是一定要开始说词儿，永远从接住对手演员给你的戏开始。做出回答的需要会驱动演员用言语行动，就算角色或演员并不是全心全意地在说这些话，也要说下去。不管你相不相信讲出来的台词，你都要顺着此刻对你来说真实的部分往下演。在生活中，我们常会发现自己一边说话一边不喜欢自己所说的话，心想："我不知道为什么说这些，我并不是这么想的。"所以对于角色来说也是一样，哪怕所想的不能用言语表达出来，说词儿就是了。

有时候，角色可能会面对一个非同寻常的意外事件。在这种情况下，你会寻找最令人满意的反应，这会导致言语停顿，而且表现力十足。这个停顿并不是因为角色想要停顿，恰恰相反，是他被震住了，拼命想要找到点什么作为回应说出来。他并不一定要严格按照剧本上所写的说。有时候，其他角色做的一些事或者说的一些话让他如此惊讶、混乱、愤怒或者甚至欣喜，以至于演员在这个时刻的反应不能是言语上的。（"我说不出话来了！"）也就是说，虽然言语停下来了，但内心迫切甚至不顾一切地想要做出回应。这种回应可能是身体动作的反应，比如离场、甩巴掌、拥抱或者大笑。不过，剧本上写的台词最后必须说出来。

厉害的作家会在台词中间穿插一些静默的瞬间。品特懂得一次安静的停顿可以多么有力，他懂得音律停顿的精髓。我听说他会考虑到一个两拍的停顿和一个三拍停顿之间的不同。他知道一个停顿所包含的音乐和内容不比一声激昂的小号包含的少。品特不会告诉演员在某次停顿里应该想什么，他只是让角色的世界停下来一会儿。而在《等待戈多》里，贝克特就区分了"停顿""短停顿""长停顿"还有"静默"。

2012年，菲利普·塞默·霍夫曼（Philip Seymour Hoffman）演《推销员之死》中的威利·洛曼。一开场，他拎着行李箱上来，在舞台中央停住，放下行李箱，长出了一口气，像是进入了一个新世界，然后就这么站了好一会儿。这是一次演员所选择的静默。一个停顿：他回到家了。这个停顿表现了角色和他的处境，表现了威利和他所处世界之间的关系。此刻，演员愿意相信自己的选择，让自己处在角色的当下。在这个停顿中，他鼓励观众开始默默发问，并进入剧情："他在想什么？发生了什么？"

在我称之为"停顿"的每一个正面例子中，停顿都一定推动了事件的向前发展，这种推动甚至比用台词的时候更加深入。

契诃夫《樱桃园》中的停顿

20世纪50年代，莫斯科艺术剧院来美国上演了一系列保留剧目，里面就有《樱桃园》(The Cherry Orchard)。我怀着无比兴奋的心情去看了这部戏，而在此之前我已经读过剧本，做过不少研究。开场时简单的几句对话讲到几位主角柳鲍芙·郎涅夫斯卡雅、她的哥哥、她的女儿就要到达庄园了。庄园的用人杜尼亚莎和罗巴辛冲出来迎接他们。在莫斯科艺术剧院的这个版本中，随着几个主角抵达庄园，舞台之外不出意料地有声音传来，但接着……是静默。我坐在下面，等着下一刻几个角色会冲上来，然后故事会往前发展。但还是静默，什么都没有发生。一个停顿。然后，突然爆发了一阵大笑，显然是舞台之外抵达的人和迎接的人里有谁讲了一个笑话。接着又是静默。一个停顿。此刻，一直有些不安的我终于放松了下来。我开始想象舞台之外正在上演的迎接场面：大家互相喊着名字，高声交谈，还有穿插其间的安静。我安稳地靠住了椅背，完全而且愉快地沉浸在自己关于归家的回忆中，并由此被带入了契诃夫的世界。

演出的结尾有三次绝妙的停顿、静默：剧本上的台词都说完了，但在言语之外，生活还在继续。几位主角心爱的家园，这座承载着他们童年记忆、仿佛他们儿时乐园一般的樱桃园被卖掉了。房屋会被拆掉，樱桃树会被砍倒。此刻，房子空了，搬出来的家当在等候马车的到来。而柳鲍芙和她的哥哥加耶夫还待在幼儿室，这个他们从小长大的地方。他们走到门口，回身看，柳鲍芙说了最后一句台词："最后一次看看这些墙壁……母亲从前喜欢在这个房间里走来走去……"然后她转身离开。

不过在安德烈·谢尔班①的版本中,艾琳·沃思（Irene Worth）饰演的柳鲍芙没有这样离开。她停下来,回身看,然后突然开始在这间年头久远的幼儿室里绕圈,"走来走去",就像她母亲曾经做的那样。走到门口时,她再次停住,看了最后一眼……然后又在房间里走了一圈,这次比上次要快很多。再次走到门口时,她还是无法割舍,第三次在房间里绕圈。她张开手臂,一边哭一边跑,然后冲出房门,跑开了。接着,马车离开的声音响起。一个停顿。然后是斧子砍树的声音。一个停顿。然后仆人费尔斯进来了——这位老人被他们忘记了。他坐下来,闭上眼睛,也许永远地闭上了。又一个停顿。最后,就像契诃夫所写的那样:"传来一个遥远的、像是来自天边的声音,是琴弦绷断的声音,那忧伤的声音慢慢地消失了。片刻的宁静,然后只能听到斧头砍伐树木的声音从花园里传来。幕落。"啊,真好啊,真是必不可少的停顿。

观众,以及幽默背后的严肃

有一种停顿能够让气氛一下子从庄严变得荒唐可笑,让观众不用那么严肃,比如杰克·本尼②的停顿——我爱死他的这种停顿了。要是没有它,他的表演一定会黯然失色。其实,

---

① 安德烈·谢尔班（Andrei Serban）,罗马尼亚裔美国戏剧导演,以创新和反传统的演出风格而闻名。
② 杰克·本尼（Jack Benny, 1894—1974）,美国喜剧演员,其标志性的人设是吝啬鬼。

搞笑是一件非常严肃的事。关于这件事，汤姆·斯托帕[①]的说法最精辟。有人曾问他为什么会在意某句台词讲出来能不能让观众笑，他回答说："笑声在我看来代表着理解。"[②]

往往，一个演员要是在一部搞笑的戏中得了一个有趣的角色，他就会开始有期待："不错哦，我能让他们笑出来。"但在这之后（至少是在排练的最后一周之前），演员就不应该再关心能不能让观众笑出来这个问题了。从上台的那一刻开始，一切都是严肃的。情境是严肃的，角色内心的焦灼、角色之间糟糕的关系也是严肃的。在 20 世纪前 70 年里，百老汇舞台上众多大受欢迎的喜剧都出自著名导演乔治·阿博特（George Abbott）之手，他挑的演员也都是那个时代最大牌的喜剧明星。而他却跟这些演员说，在他的戏里，开场 15 分钟内不准用他们最有名的"段子"逗观众笑。（"什么？什么？！"他们说，"为什么？为什么？！"不过他们照做了。）阿博特要的是先让观众进入故事的情境中，开始关心故事中的人——然后第一块"香蕉皮"才可以飞出来。

最好的喜剧演员像是在观众面前竖了一面镜子，让他们觉得"我们这些凡人真的好蠢啊"。最好的喜剧演员让我们看到他们真实的一面，也让我们看到自己真实的一面。观众笑得最欢的时候，他们是这样想的："啊，这种事我经历过！他演得好像我，我就是那样！这种感觉我懂！"或者："我舅舅就

[①] 汤姆·斯托帕（Tom Stoppard），捷克裔英国剧作家，其作品曾获奥利弗奖、托尼奖和奥斯卡金像奖。
[②]《纽约客》(*The New Yorker*)，2011 年 3 月 7 日。——原注

是那样!"看一部喜剧的时候,观众的共鸣越多,他们就越能借由自己踩过的那些"香蕉皮"来获得更深的体验,戏也就越好笑。

任何一部喜剧都是这样。闹剧中更是这样,演员必须以最严肃的态度对待自己和自己所处的情境。比如你急急忙忙去接一个电话(不论你在冲过去的路上是不是又踩到了同一块香蕉皮),毫无疑问,电话里的信息对你来说一定是重要的,甚至比在一部正剧中来得还要重要。在一部正剧中,角色的困境是严肃的。在一部悲剧中,角色的困境更是极其严肃的。而在一部闹剧中,角色的困境一定要是最严肃的。那些伟大的闹剧或喜剧演员从来不会让你觉得他们认为自己好笑。对他们来说,困境就是令人绝望的。

闹剧和悲剧是紧密相关的人类经验,无论在生活中还是在舞台上都很难真正区分开。什么好笑、什么不好笑,通常是神秘难解的。在生活中,一个人笑得前仰后合,而旁边的另一个人可能一脸蒙,说:"见鬼,有什么好笑的?"又比方说,你和朋友赶着去机场,时间已经来不及了,可偏偏该死的车钥匙怎么也打不开车门。你气得快炸了的时候,突然发现是你搞错了车——你的那辆银色的本田思域在街对面呢。这个时候,任谁都会马上从盛怒转为大笑,哪怕是你自己。

而在舞台上,不管作者是怎么想的,也不管演员对自己埋的包袱有多自信,好不好笑到底只能由观众来决定。至于为什么有的好笑有的不好笑,还是有些神秘和复杂。在剧院里,观众的笑有很多种。比如有的观众,捧哏的才讲了半句他就开始傻笑,让其他人都笑不出来了。比如在一个严肃的时刻出现"不合时宜"的笑,当然,多数观众并不想笑,但少数笑的可能会说:"不好意思,但确实挺好笑的。"而最可怕的笑,是全场观众喝倒彩时的笑,他们不是被你的表演逗笑了,而是在嘲笑你演得烂。

最后,还有一种笑会让演员感到沮丧、感到不满意,那就是有时候演员觉得全场观众应该会不约而同地爆发出大笑,但实际上只听到稀稀落落的咯咯笑声。而演员所期待的全场爆笑(一个美妙的时刻),我们常用一个(有点粗俗的)词来形容,就是 boff[①]。这种笑不是一个观众波及附近观众的那种轻笑,而是当剧作家和演员共同创造了某个时刻:一个突然的爆点,一阵冲击波,然后每个观众在同一时间爆发出了笑声。Boff!处在这样一个旋涡的中心是件特别让人兴奋的事。但怎么找到这样一个隐藏的爆点,引发那阵 boff 呢?有时候很容易,不费吹灰之力;有时候是甜蜜的惊喜;有时候则很难,直叫人心生烦躁。

1959 年,我给同人剧团导演的一部戏(《第三好的运动》,剧作者是埃莉诺·佩里和利奥·拜尔)在百老汇上演。戏里有一个关键的时刻,塞莱斯特的角色对丈夫说了一句很抖包袱的台词:"My God! You're a thief!(我的天!你是个小偷!)"塞莱斯特知道——我们每个人都知道——这里能够让观众大笑,可观众只是咯咯地笑了几声。我试着帮她,但没起作用。

---

① boff,也作 boffo,指演员通过插科打诨博得观众爆笑。

然后，了不起的制作人劳伦斯·兰纳（Lawrence Langner）帮我们解决了问题。这位年事已高的戏剧界曾经的大人物把我叫到一边，说："迈克尔，你去问问剧作家，看她介不介意把 thief 改成 crook（骗子）。"为了迁就他，这个年轻人——也就是我——只好忍了，跑去向剧作家提了建议，而她也同意了。然后我让塞莱斯特改说 crook。那天晚上，塞莱斯特博得了观众如雷般的 boff。为什么？因为 thief 的尾音 f 要等前面的长音拖完了才能让人听到，而 crook 的尾音 k 一下子就能让所有人听到——在剧场里，没有什么比一声干脆的 k 更好的了。（可能这也是四个字母的单词表现更好的原因吧。）

还有一个例子。我还是一个年轻演员的时候，曾经去著名导演乔舒亚·洛根（Joshua Logan）的一部戏《罗伯茨先生》（Mister Roberts）的巡演剧团面试。在读完一句好笑的台词之后，坐在台下的洛根先生发话了："迈克尔，这句台词说完不要微笑。"我心想，我没有笑啊。我重新读了一遍。"迈克尔，你还是在笑。"我又读了一遍，这次我都觉得自己有些冷酷了。"迈克尔，这句台词讲完你嘴巴别合上。"（居然这样要求我，一位方法派演员！）我照做了，然后我爆笑了出来。没办法，我忍不住，这句台词真的很好笑，哪怕是对演这个角色的我来说。这种情况叫作"假正经"——对一个想逗笑观众的演员来说，这是一个有点古怪的叫法。不过，不要模仿我"不合上嘴巴"，下巴那么吊着可没什么用处。什么是假的、什么好笑，观众是能感觉得出来的。在洛根和我的这个例子里，重要的是，面对一个傻问题，我好像很认真地做出了回应,给了他一个严肃的答案,甚至丝毫没有暗示出或者没有觉察到什么好笑。

让自己保持专注:喜剧和非喜剧

对演员来说,演喜剧会有很多收获。不过,很多好的演员,包括很多喜剧演员都很想演反派。因为演反派能够让他们有机会在角色的掩护下公然体验自己阴暗的一面。

演反派很有意思,不过能让观众笑得前仰后合的快乐是无与伦比的,这种快乐来自演员和观众之间亲密的联系。在喜剧和非喜剧作品(所有的戏剧作品本质上都是严肃的)中,演员的观众意识是相当不同的两种情形。虽然一概而论的做法常常会适得其反,不过在这个问题上倒可能有帮助。

演喜剧的时候,演员必须关注每一个观众,并且从他们身上汲取养分。这种有来有回、有取有求的互动特别棒,会让演出中的每一个时刻都是"第一次发生"。观众可能是演员的好搭档,很愿意配合,也可能不太配合,甚至还想睡觉(比如晚饭吃多了,或者酒喝多了)。

然而排练喜剧完全是另一回事。排练的时候一般来说不应该有观众。演员要想知道什么好笑,首先得知道对角色来说什么是最紧急的严重问题。角色的行为、角色之间的关系,还有喜剧技巧的形成都必须是演员内在的过程,完全没有观众意识的参与,也和你或任何人觉得什么好笑没有关系。在排练的时候,直到最后一刻,不论是粗俗的闹剧还是奥斯卡·王尔德的喜剧，演员应该做的都是全身心投入情境，投入角色之间的关系和角色本身，然后或许就是从中找到"好笑"的东西。喜剧里是有所谓真相的，要相信这一点。喜剧有其完整性，要在"好笑"里找到真相，有时比在《俄狄浦斯》这样的悲剧中找到真相还要难。而这正是排练的目的所在。

在正剧中，演员和观众的关系跟在喜剧中是完全不同的。不像喜剧能够消解严肃性，正剧所做的就是近距离直面生活，这就要求演员与观众保持一段绝对的距离。夸张一点说，如果一个演员能够整场演出都保持这种投入戏剧情境中的状态，以至于完全意识不到有观众存在（这是不可能的，也并不是更好的选择），他简直就令人嫉妒了。总而言之，演员想要的就是能够充分沉浸在想象的世界中，不受任何干扰。不过这样的情况不仅永远不会发生，而且要是演员演得真的很好，他会恨不得让全宇宙都看到。好的演员不会让自己从正在发生的事件中抽离出来，哪怕情境或人物关系并不希望他留在其中。他会要求自己生活在剧情的"现在"，活在当下的时刻——活在那种全心全意投入当下的发自肺腑的快乐中，不再"表演"，完全进入角色，进入剧作的世界。

当然，演员时不时会感觉到观众的反应，不管他自己愿不愿意。他会察觉到观众的安静或不耐烦，会意识到他们是此刻的一部分。他也知道，一段时间之后，他将忘掉他们。当他专注于其他演员，当他投入自己的行动中时，"第四堵墙"将会竖起。我认为，制造第四堵墙对于创造一种对"场所"的强烈感觉是有价值的，但这只是在剧场空间的意义上，而不意味着演员应该就此同观众分离。不要一直保持存在第四堵墙的状态,不要把观众完全关在墙外。观众会进来又出去、进来又出去,但他们始终是戏剧"铁三角"的一个必要部分。

观众是必要的,但永远不要试图取悦观众。想要、需要他们的爱对演员来说是一种病,它会让表演沦为套路,甚至变得粗俗不堪。不要试图取悦任何人,包括导演!演员应该像真正的艺术家那样专注于创造性地解决表演中的问题,那么,不论导演还是观众都自然会感到满意。作为演员,永远不要问:"效果好吗?"

一些明星演员在遇到招人烦的观众时,有可能会选择打破第四堵墙或者忽视它的存在。有一次凯瑟琳·赫本在百老汇演出,一位前排席位的观众不仅迟到了,而且在找她的座位时煞有介事,动静很大。赫本直接中断了表演,对着这个女人说:"我们要先等你。"巴里摩尔有一次演哈姆雷特,碰上某个包厢里的某位观众没完没了地咳嗽,令他不胜其烦。巴里摩尔中断了表演,望向那位冒犯者,说:"给那只叫个不停的海豹扔条鱼!"然后他就恢复了表演。休·杰克曼(Hugh Jackman)一次在纽约演《连绵之雨》(*A Steady Rain*),观众席时不时传来手机的响声,甚至还有人用闪光灯拍照,他很恼火,台词说到一半直接停了下来。他斥责了不守规矩的观众,然后才收回自己的注意力,重新开始表演。在类似的情况下,反应最极端的可能要数帕蒂·卢波内(Patti LuPone)了。在2015年的一次演出中,由于一位观众发短信,卢波内直接走过去,一把夺过了这位观众的手机。当然,只有明星演员能这么做，而且只是在他们实在不胜其扰的情况下。我想，这些明星演员这样反应不只是为他们自己（和大多数友好的观众）消除恼人的干扰源，也是因为他们想要完全投入当下，而不是同时过着双重生活（演员的生活和角色的生活）。而那些不是明星的演员即使注意到干扰的存在，可能也只会深呼吸一下，然后选择继续演下去。

艺术就是做选择。演员要对一切保持开放的态度，并且要有敏锐的意识，然后才能选择忽略哪些、隐藏哪些、揭示哪些。集中注意力。从各种选择中学习并做出改变，或者按照计划的选择进行表演。成为一名演员需要年复一年、成千上万小时的练习。学会什么时候以及如何鼓励想象与直觉的力量，什么时候拒绝这些力量，是我们所谓表演"技术"的一个重要部分。

技术，包括哪些东西？

技术是真实可信地生活在舞台上的方法。换句话说，演员所做的一切都是技术。技术是我们"怎样"做我们所做的一切。对技术最常见的理解是，它只关乎声音的运用、身体的能力和技巧，以及一些和表演风格有关的外部因素。事实上，一个演员的技术包括了创造表演艺术的所有内在和外在的方法，认识到这一点是很有意义的。表演的内在和外在手段相互交织、关系复杂。技术绝不应该被理解为表演的机械手段，表演艺术也绝不应该被机械地看待。

技术的培养是不断学习这门技艺、不断找到个人化的解决方式的过程，这个过程本身就是一种很大的乐趣。不论是演一部电影、一部电视剧，还是任何一个复杂的角色，找到一种新的、从未尝试过的方式来解决遇到的问题，其中的挑战、困难以及或快或慢发现的解决方式才是这项创作活动的核心和灵魂。

没有哪一本书能够说清楚所有演员该怎么表演。每一位演员都会发展出他自己的技术、他个人的独特方式，而这些的形成得益于各种不同的刺激，比如有启发性的体系、好的老师、所见所闻、持久的好奇心——再加上个人生活的实际经验：一遍遍的尝试和犯错、成功和失败，而其中最重要的是作为演员的表演经验。所有这些东西会一起孕育出一套技术。这套技术不能以其他任何人的名义来代表，哪怕是那些大师的名义——迈斯纳、阿德勒、斯特拉斯伯格、哈根不行，斯坦尼斯拉夫斯基也不行。一位好演员的表演"刻上"的应该是他自己的名字。

技术与花招

"嘿，我口袋里揣着把戏，袖子里藏着花招。"威廉斯《玻璃动物园》（*The Glass Menagerie*）的第一句台词，是汤姆说的一句话。汤姆（或者说背后的威廉斯）说的是作家。所有的艺术家都有"花招"，演员也一样——我们当然有花招。我们有深入内心的、心理层面的花招，也有表现角色和逗笑观众的花招。

好的演员会试图用最清晰的头脑思考问题,因为他们会想方设法去理解作家的思路,然后再开始处理故事。演员在工作中既会运用意识也会运用直觉。他们会利用自己理解到的东西,也会利用其他演员给他们的启发。而不可避免的是,就算经过最有凝聚力、时刻投入的排练,作品中仍然会有一些问题无法得到解决。有时候,那些最果断的解决方法取决于演员的头脑和肌肉记忆中存储了多少阅历和知识,取决于他在类似的情境中有过怎样的表演经验。

演员也会学习用更表面的方式来解决问题,因为这也是必要的。比如,好的上场和好的下场就很重要。又如,好的演员知道留多少笑的时间给观众,知道在哪个时间点继续讲台词——比如在笑声还没有完全结束的时候。演员会学习那些有创造性、能带来真实感的花招。

比如,演一个口吃的角色,一种选择是只在一个字母上口吃。至于选哪个字母甚至哪个单词,就取决于这部戏是喜剧还是正剧或悲剧了。这种选择甚至也可能基于心理学: m 代表 mother(母亲),或者 s 代表 sex(性)。

一个受酒精影响的角色(我不喜欢用"醉鬼"的说法,因为这容易让人想到俗套的醉鬼形象),他身上会有一些特定的部位最容易受酒精的影响。酒精会影响肌肉,然后会影响平衡能力。当他试图表达一个重要的想法,嘴部肌肉却不能很好地控制舌头和嘴唇。膈肌也变得不能提供持续的气息。有些角色甚至不太会意识到自己已经被酒精支配了,直到有一天他们站都站不住,感到房间开始旋转。一旦加入酒精的因素,一个角色的情况就会不一样了。而作者怎么写将决定演员怎么使用自己的身体,比如哪些部位对酒精反应最大以及大到什么程度。

毫无疑问,每个角色的情况都是具体的,不能一概而论。一个出租车司机说他很累,很可能是因为屁股和腰背疼;一个电脑极客可能因为长时间坐在电脑屏幕前而有腕管综合征和视疲劳的问题;一个码头工人则可能因为经常扛东西而感到肩膀和手臂肌肉酸疼。宿醉?发烧?疲劳?先选择身体受到的一个具体的影响,然后,最重要的是试着去克服这种障碍,让角色的愿望得以实现。不要去演病态、醉态或者痛感。要把痛感、酒精的作用或者发烧的感觉放到身体的具体部位上,然后忍着痛爬楼梯、醉着酒跳舞,或者拖着发烫的身体赶出租车。

处理真实的情感反应时最需要演员有精妙的技术。如果剧作家写到一个角色哭了,而演员也有能力创造出这种强烈的内心反应,像剧作者期望的那样流出泪来,这就意味着角色应该努力让自己不哭,因为所有人都是这样的。不要试图哭出眼泪——这是个很常见的陷阱。另一方面,要是剧本写到角色不高兴、惊讶或者受到某种冲击,而演员找不到内心的真实感,他就可以马上调整呼吸——改变呼吸方式能够改变内在和外在的反应。在受到外在影响时,比如胃痛、肩膀突然疼起来或者太阳穴有压迫感时,演员也应该给身体找到一种具体的反应方式。

要想在舞台上完成讲故事的艺术,选择合适的形体动作从来都非常重要。这些形体动作是为了帮助演员表现人物关系和情境的实质，而非简单地图解剧本。如果在剧本第 7 页，有人对你的角色说"你喝太多了"，这意味着在第 6 页，你可能已经把自己的酒喝完了，甚至把同伴的也喝完了，或者已经把酒瓶子收起来了。如果第 15 页你的角色说"这里冷"，你也不要做什么，因为第 14 页你可能就已经起床，穿上了毛衣，靠近暖气片把自己烘了烘或者关上了窗户。（拜托不要在第 15 页搓手，跟配插图似的）。这样的话，在这两个例子里，观众都会更投入，和你的角色一起感受，因为你之前的形体动作已经给后来的台词做好了铺垫。

　　在所有花招或者说工具（这个词更好）里，最有效的就是有魔力的"假使"了。在生活中，我们经常用到"假使"。比如，我们在描述自己处于一个多么危险的境地时可能需要这样打个比方："我感觉就像走进了蛇窝。"演员则是用这样随口一说的话来帮自己找到有真实感的身体和心理行为，而非简单地图解"这场戏我应该像是刚刚赢了世界系列赛""这次上场我应该像是刚刚从某个葬礼上回来"——这些只是假设，而戏本身和运动或者葬礼可能完全无关。为什么不直接用剧本上写的东西？有时候，只靠剧本中描述的情境并不足以制造舞台上所需要的紧张感。如果角色将要走进一个有潜在危险或威胁的房间，演员可以演得好像他是要手无寸铁地走进一个狮笼。这样的选择让演员能够有更强烈的危险感，能够刺激演员启动想象力，然后创造出具体的、不同寻常的节奏和行为。演员可以根据自己的艺术需要来决定这样的行为要被激发到什么程度。但是记住，不要告诉任何人你在想什么，当然也不能告诉导演或者同台的演员们。这个过程只能为你所用——用来启动你的想象力。

每一个技艺娴熟的演员都知道，工具是用来解决问题的。有的工具可以用在几乎每一次表演里，而有的可能很少会用到。要是没有新的问题要解决，就不需要新的工具。我们有各种各样的工具来帮我们外化内心的真实、塑造角色、具体化人物关系、发展情境，以及探索外部环境，即你所处的空间。（你或者说角色在什么地方？天气是热还是冷？时间是早还是迟？）要对作家最关心什么问题有好奇心，并且把这种好奇心保持下去。要不停地发问。这样，在你没有刻意去寻找答案的时候，答案会不请自来。

每一个技艺娴熟的演员都有自己钟爱的独特的工具组合，并且把这些工具装在自己的行李箱里以备不时之需。然而，演员技术的所有因素中最有用的那个，或许是他知道什么时候应该让自己顺其自然，什么也不做，让直觉、想象力发挥作用，带动自己的身心跟随故事的动力前进。经验丰富的演员在读剧本甚至剧本片段时就能够有一些感觉，他可能会说："这个我知道，我会顺其自然。我不会去思考，不会去做选择，也不会提问题。我只是要投入当下。在我读的过程中似乎就有足够的东西在生发了，我自己不需要再特意做些什么。"这是一种非常好的反应，而经验丰富的演员就会这样做。假设还是这个演员，但演的是另一部戏，读剧本的时候他可能是另一种感觉："这个我不太熟悉。是这么理解吗？这个地方我得做点功课，得好好琢磨一下。我的行李箱呢？"这种时候，他需要使用一些技巧才能从自己身上调出那个合适的部分，那个他还不是很熟悉或者在以前的表演中没有用到过的部分。

一种技术不是静态的，不会一成不变。一个成熟演员的表演方法是鲜活的，时刻在流动中，时刻准备迎接惊讶或者失望，仿佛有它自己的生命一样。昨天有用的工具今天不一定还有用，技艺中某个多年来一直很可靠的元素可能一下子变得毫无生气。另外某一天，在许多场演出过后，两个演员之间也可能会毫无征兆地建立起一种联系，而这个新的真相会在他们的一阵眩晕中，仿佛奇迹一般呈现在许多陌生人面前。

随着演员的成长和发展，他的技术和肌肉也在成形。他对表演的新理解会带来美妙的惊喜和新的工具。但有一点不会改变，那就是——演员永远需要适应。

适 应

人在面临任何新的经验时，都会有意识或者无意识地去适应。上场、下场、新朋友的出现、老朋友的变化、天气的变化——我们会注意到，然后忽略掉，或者转身去拿一件毛衣。

我的狗狗萨姆就会很认真地去适应。萨姆教会了我很多关于表演的东西。要是我在家随口抱怨了两句自己遇到的困难，萨姆就会竖起一只耳朵，而我会继续讲，亦庄亦谐地跟它分享我遇到的真正问题。它听得专心又放松，没有东挠西挠，也没有走来走去，好像真的听懂了我说的话。我观察过萨姆在饿了或者尿急时会怎么做。我发现，它具体会有怎样的行为取决于它的需要有多重要。它会一直追求它想要的东西，直到我给它为止。我的狗狗很懂"行动"的概念，也懂得通过各种不同的方式完成行动。

萨姆做的很重要的一件事就是适应环境。每当我们去一个新的地方，比如第一次去一个朋友的家，它就会在房子里转来转去，又嗅又看，辨认方向。哪怕我们只是出去散个步回来，在安顿下来之前，它也会检查房间里的情况——它在适应环境。

人也有同样的冲动。我们会不断地去适应，不论是新开始一件事情、新认识一个朋友，还是新进入一个空间。比如我晚上回到家，可能会想都不想就先冲屋里喊我妻子一声："贝蒂？"如果没人回答，我就会提高音量再喊一声。要是还没人回答，我可能就会停止查看信件，进屋去找贝蒂。我所做的就是在适应环境，就像萨姆在我们遛弯回来后那样。跟萨姆一样，我在适应环境的时候也会用到几乎所有的感官，比如鼻子、耳朵、眼睛甚至皮肤：有股异味？有奇怪的声音？有把椅子位置动了？一个冷战？还是一切都很正常？

下次坐地铁或者公交车时，注意一下自己进入车厢后是怎么做的。你会先确认一下整个空间。你会判断自己坐在哪儿比较好，坐在哪儿可能会比较舒服，坐在哪儿可能会不舒服。如果有什么气味，你也一定会注意到。但我们不会刻意去想，而是会自然地去做。或者想象自己去一个鸡尾酒会。哪怕你带着一个非常明确的"需要"，有一个非常重要的理由（比方说去见某位经纪人），进入场地的头 30 秒也会是对环境的各种适应："有没有人看起来比较友好？那种难闻的香水味是怎么回事？见鬼，又只有白葡萄酒。"你的感觉系统会为你提供信息，帮助你决定在找到酒会的主人（还有那个经纪人）之前要做什么。这种适应通常是无意识的，但有时候恰恰是有意识的——不论是哪种，它都是一个人（就这个问题来说，动物也一样）在遭遇新的经验时会先有的反应。

对演员来说，不论角色的"需要"有多么急迫，适应都是重要的一环。每当"遭遇"一个新的人、一种新的食物、一个新的地方或者一个新的困境，演员都必须先去适应。演员应该把适应视作他无意识行为的一部分，就像我的狗狗那样。适应是直觉，是习惯，是自然合理的做法。每一次上场，都要做好适应一切的准备。不论你所选择的行动有多么强烈，或者多么急迫，你都要确保自己留一定的求知欲和空间给不期而至的新变化。这就是"完全投入当下"的意思。你在表演中遇到的一切都有可能改变你完成必须完成的行动的方式。

上场和下场

各种各样的"上场"和"下场"在我们的生活中标记出一个个时间节点，其间隔可能是几个小时、几天甚至几年；而对于演员来说，戏剧生活中也是如此。在舞台表演中，每一次上场都必须得到尊重。在戏剧的世界中，演员在上场的时刻到来之前就必须早早准备好进入那个想象的世界，调整好情感状态,储备好身体能量。而下场的处理也一样,剧本上你的最后一句台词是"晚安",但在那之前好几页你就得开始准备了。

每一次上场都要集中注意力,不只是最重要的、有时沉重有时"好笑"的第一次上场,还有其后的每一次上场,不论简单的还是复杂的。这意味着演员要全身心投入角色的情境中,想清楚他从哪儿来,上场之前在做什么,上场之后想要的是什么。每一次上场都需要做不一样的具体准备。

19世纪的评论家乔治·亨利·刘易斯曾提到伟大的演员威廉·查尔斯·麦克雷迪(William Charles Macready)在演夏洛克时是怎样上场的。那是夏洛克得知心爱的女儿鬼迷心窍地要嫁给一个基督徒后,他"轻声地咒骂着,狠狠地摇着一把固定在墙边的梯子",然后冲上舞台。①

同样是在19世纪,出现过一些大张旗鼓却不像话的上场——虽然不像话,但也挺有趣。一些大明星知道观众喜欢看什么样的登场,于是他们就迎合了观众。有一种登场叫"C位开门":舞台后部正中央有一扇对开的大门,其他所有演员都知道"大明星要登场了",就全体背对着观众站定,然后那扇大门突然大开,大明星款款走入舞台,身上常常还披着一条长长的皮草。这种"C位开门"的登场受到当时观众的喜爱和期待,不过现在已经不时兴了,谢天谢地。

我们现在的做法不一样了。每一次上场都必须以角色在此

---

① 见[英]乔治·亨利·刘易斯:《演员和表演艺术》,纽约:亨利·霍尔特出版社,1878,第44页。George Henry Lewes, *On Actors and the Art of Acting* (New York: Henry Holt & Co., 1878), 44.——原注

刻之前和之后的生活为基础。演员要将它具体化、细节化，让它真实可信，有的情况下还要让它特别夸张——如果角色或情境就是这样要求的话。迈克尔·克里斯托弗（Michael Cristofer）创作过一部戏剧叫《影子盒》(*The Shadow Box*），如果你注意过戏里贝弗利的上场，就会知道什么叫"特别夸张"了。

在舞台上和我们的生活中，"下场"甚至要比"上场"更重要。想想你自己的生活：离开往往是高兴的，但也有一些时候是难过的，或者是想留下来却不得不走。总之，有冲突、有解决，就有戏剧性。

20世纪早期的喜剧明星吉米·杜兰特（Jimmy Durante）有一句半说半唱的名言讲得最好："你们有没有过这种感觉，就是还有些想待下去的时候，又觉得想走？"这句话在网上能找到，很形象也很好笑。在戏剧中，很多角色在舞台指示"他退场"的地方下场时，感觉可能就像杜兰特说的那样。下场有难过的，有痛苦的，也有神秘难解的。一个很好的例子是莎士比亚的《第十二夜》闭幕之前，马伏里奥上场，然后马上又下场。

有些下场需要一些不同的处理。在莫斯·哈特（Moss Hart）创作的戏剧《点亮夜空》(*Light Up the Sky*）中，一个有些傻的导演被一个叫布莱克先生的制作人给开了。莫斯给这位导演设计了一句出色的喜剧台词和一次很棒的下场。被开除的导演觉得自己遭遇了不公正的待遇但又无言以对，他在无望之中想要挽回自己的尊严，于是在走向门口准备下场时停下，说了一句："布莱克先生，我觉得……你烂透了！（Mr. Black,

I think... you stink!)"

表演喜剧要能够在内心和外在做出恰当的选择。就上面这个角色来说，演员必须在走到门口的过程中找到最强有力的内心需要，然后把它化作语言武器来应对这次可怕的精神打击。演员脑子里一边想着怎么才能挽回自己丢失的脸面，一边打开门——他的手还在门把手上——他扭头说了那句："布莱克先生，我觉得……你烂透了！"然后摔门下场（身后"哐"的一声）。台词之后这个利落的摔门动作引发了观众的一阵大笑。而如果演员先说了这句台词再走向门口，就算说得再好（毕竟剧作家在这句台词里安排了两个干脆的尾音 k），观众也只会咯咯笑几声。

这样的下场如果完成得当，对观众来说就是一份礼物。你让他们笑了个痛快。当然，他们也会感谢你，在你下场的时候给你鼓掌——但凡不这么做的都算没良心的观众了。所以，学习"怎样"很好地下场是演员技术的一部分。

在莎士比亚《冬天的故事》(*The Winter's Tale*) 第三幕第三场，有一处存在争议的下场非常有名。剧本里写着安提哥纳斯"下场，被一头熊追着"，而前面都没有提到有一头熊。我倒是有我的理解。当初演这场戏的时候，演出的组织者（可能就是莎士比亚自己）可能不止一次发现演员在下场的时候慢悠悠地。这让他很不舒服，他就命令演员："走！走！快点！快走！"最后他恼羞成怒了："快点，就像你在被一头熊追着！"而剧院后面藏着一个鬼鬼祟祟的剧本剽窃者，他正埋头奋笔疾书（想"偷"走剧本给另一个剧院演出，或者卖给一个盗版书商），听到"被一头熊追着"，就把这句话加到了剧本里，然后它就这样流传到了今天。（当然还有其他的解释，不过我最喜欢我这一版。）

这场演出应该和上一场有几分相像？

排练给演员铺了一条路，演出的时候他们就要顺着这条路走。这条路上有那些明显的方面，比如身体的呈现方式和人物关系，也有各种微妙的细节差异和节奏变化。而不可避免的是，这些时刻要在一次次演出中反复呈现。那么这些时刻，尤其是最出彩的时刻，应该被"锁定"下来吗？演员应该在多大程度上允许自己在每次表演中处理得不一样？哪些地方应该跟之前一样，必须一模一样吗？哪些地方可以处理得不一样，可以完全不同吗？我想每个人都会认同，戏不论演过多少次，每一晚都必须好像是第一次上演。那么，要想每次都为每一位新来的观众创造这种"第一次"的体验，演员该怎么做呢？

最重要的是要允许"不一样"发生。演出开始后，即使舞台监督已经把整趟戏剧旅程中哪怕最微小的细节都按部就班地写在了本子上，作为演员的你还是必须（或许是在心里悄悄地）对变化保持开放的态度。你必须能够时刻对观众席传来的细微声响做出反应，能够对同台的某个演员的某个让你意外的反应做出反应，而更重要的，是能够对你自己身上发生的变化做出反应。

这是观看者和被观看者一起参与的一次现场体验。没错，文本是一样的（不用怀疑，确实一模一样），甚至身体动作都是一样的。但随着一场又一场演出的进行，某个全新的有机体慢慢形成了。它是鲜活的，不断在变化，不断在成长——永远是同一个东西，却又在这个时刻或那个时刻总有些不同。你的表演会沉淀得越来越深，出落得越来越扎实。它决不能像一台机器，每一晚都以和前一晚完全相同的流程运转。

不过，什么叫"一样"？什么时候剧作家可能会这么说："等等！我写的戏讲的是一个男人爱一个女人，他关心她，想要帮她。但我今天晚上看到的是一个男人心里只有他自己，觉得自己不应该遇到这个女人。"当然，如果你理解这位剧作家写的故事所表达的完整内涵，你不会想要演成那样。不过，能够不一样的，甚至一定会不一样的，是"帮她"这个欲望的程度以及帮的方式，因为你每次见到的是不同状态的她，比如这次是傻乎乎的，另一次是充满渴望的。她的需要和她表达这种需要的方式可能每次都会不一样，你的反应也一定会不一样。演对手戏就像合奏，曲子每次都是同一首，但节奏、紧迫感、诠释方式可能不一样，两位合奏者对彼此的理解程度可能也不一样。

和生活中一样，人们之间某种关系的表现方式在强度、幽默感或者激情等方面都可能不同。在任何一场演出中和任何一场戏中，随着表演的进行，剧中所隐藏的某些真相可能会突然出现在演员甚至剧作家的脑海里。这个时候我们希望剧作家会说："哇，太棒了，竟然是这样，我之前都不知道是在这个时刻！"我们不仅希望剧作家这么说，也希望演员能够说：

"今天晚上,在第 110 场演出中,我发现了一样新的东西,这让我更好地理解了这部戏。"

不过,克勒曼的做法也很有名。这位高明的导演兼评论家在他导的一部戏首演后差不多一个月时,打算重新审视这部戏。有人问他:"今天晚上你准备做些什么?"他回答说:"把动过的地方改回去。"

没错,演员确实会遇到一些有启发性的时刻,但我们并不总能够正确地找到我们在旅程中的位置——无论在生活还是在表演中都是这样。1958 年,我在纽约看了两场约翰·奥斯本(John Osborne)的《艺人》。剧中,当时 51 岁的奥利弗扮演阿奇·赖斯,一个过气的歌舞杂耍表演者;奥利弗的妻子琼·普洛赖特(Joan Plowright)演阿奇的女儿。我连着看了两晚。有一场戏是普洛赖特在梯子上打扮一棵圣诞树,奥利弗爬上去给她递一些挂饰,然后跟她聊天。在第一晚的演出中,他抓住她的手,然后亲了亲。而在第二晚的演出中,他不光抓住她的手,还把她的拇指放进了自己嘴里,然后普洛赖特把手指抽了出来。亲女儿的手只是从侧面暗示了一丝乱伦的气息,但奥利弗在第二晚演出中所做的就让这种气息昭然若揭了——相当于把这种乱伦的情感直接摆在了夺目的白色聚光灯下。1960 年,费雯丽(Vivian Leigh)有一次在接受戴维·萨斯坎德(David Susskind)采访时谈到奥利弗,说每场演出"拉里[①]都会演得不一样。每一场都不一样。你永远不知

---

① 拉里,劳伦斯的昵称。

道他会做出些什么"。请注意,她在说一个天才演员——经过30年的磨炼,他有权在舞台上即兴发挥。

这些不同的处理,有的是你有意识完成的,有的是你下意识做出的,甚至包括一些明显不同的处理。还有一个奥利弗的故事,或许是人们演绎出来的,但仍然很有启发性。那是在他结束了一次才华横溢的表演后,一位戏剧界的朋友去他的化装室向他表示祝贺,却发现奥利弗戏服没有脱、装也没有卸,正在化装室里来回踱着步子,看起来完全不正常。朋友就问:"怎么了?今天晚上你演得太棒了!"奥利弗大声地说:"我知道,我知道,但我不知道我是怎么演的!"

重现那个有启发性的时刻,或者那个必要的时刻

表演不难……坏的表演尤其容易,到处都是。高中时开始表演,那时候有着满满的快乐、兴奋和热情,对自己的表演也有着绝对的确信;后来上大学深造,甚至进入演艺行业。之后就算是会表演了。这种程度也还不是很难——事实上,各种表演媒介的报酬常常都是不错的。毕竟,这样的表演不会超出观众的审美惯性所形成的期待和接受度;这样的表演是为了取悦他人,而不是为了让自己满意。"我演得怎么样?效果好吗?"这已经是一种文化,演员习惯于取悦自己的朋友、家人,然后是导演和制作人。

不过,尽管身处这样一个媒体时代,在那些快餐式的讲故事的艺术或者社区戏剧的业余表演中,也会有那么一些时

候，演员可能会不知不觉地超越那种"算是会表演"的平庸程度，误打误撞一般跌入一个新的世界——哪怕只有一次。

对于职业演员来说，这样的时刻会出现得更多。当作品得到更深刻的表达时，演员会感到兴奋，甚至震撼。在这个突然觉醒的时刻，演员进入巅峰状态：他全身心地投入当下、专注其中，仿佛只听得到自己的呼吸，对内心和外部世界都是完全开放而敏锐的。这样的状态在排练或者演出中都可能出现，或早或晚。或许是台词里某个此前一直沉默的字眼或词句突然让你觉得不一样了。有时也可能是对手演员给你带来了灵感。或者是你个人经验中某段隐秘的记忆突然被勾了起来。

而这个时候演员会发现，这个有启发性的、让他深深浸入其中的时刻很难在一场又一场的演出或一遍又一遍的拍摄中再现——难的不是结果，不是最终的"产品"，而是那个引子，那道引发了这一时刻的灵光。这个问题不仅比较棘手，而且注定会是一趟艰辛且情感上难以捉摸的旅程，就跟所有好的、严肃的表演一样。如何重现这样有启发性的时刻或许是演员面临的最困难的问题了，只有经年累月地磨炼技艺，你才可能慢慢摸到一些门道。而这样有启发性的时刻正是你的才能和直觉让你自己都大吃一惊的时刻。

然后是那个必要的时刻：在排练的过程中，演员和导演经过各种可能的尝试，最后一致确认某个时刻最能够表达剧作者的意图。但是，在一晚又一晚的演出中，这个必要的时刻同样也是最难真实重现的。演员怎样才能一次又一次地唤起新鲜感、紧迫感和真实感，就像这些感觉第一次击中他们时那样

（尤其是在舞台演出中，因为一部戏上演的场次当然是越多越好）？并没有一劳永逸的方法。

不过你会发现，表演就是行动。不论是身体还是言语，或者两者都有，总有什么事要完成。如果你遇到一个内在动机和外在表现都很充分的有启发性的时刻，而你需要重现它，你就得回到行动上来。不要理会你感觉到什么，不要关注你的那些情感，而要把注意力都用来倾听和影响你的搭档。在完成一个反映你内在需要的身体活动时，要让自己沉浸其中。尽可能不要总想着重现那个时刻下的情感状态。你的注意力越是集中在必须做的事情上，你就越有可能不去评判和观察自己，这样你的直觉就能从沉睡中苏醒，就像从旁看着你在忙什么事，然后帮你再次捕捉到引发那个有启发性时刻的灵光，从而让它重新显现。直觉不会大喊大叫，而是轻声细语。把注意力放在那个时刻发生之前的事情上，然后忘掉将要发生什么。

我们的目的是重现，是再次体验，而绝不是重复。和某个时刻紧密相连的情感永远在变化，要欢迎这种变化。它可能会变强或变弱，伴随着痛苦或更多的幽默。好的演员会接受他在那个时刻所体验到的一切，即此刻的体验——而不是来自昨天的——完全投入当下，仿佛只听得到自己的呼吸。活在这个时刻当中就是你最好的表演状态。如果这个时刻过去了，那就接受它的消失——还会有别的什么东西浮现出来。记住，哪怕是像奥利弗那样才华横溢、经验丰富的演员，也并不总能知道确切的答案。最好的表演是一个奥秘。

奥秘与谜题

不落俗套、令人惊叹、变幻莫测的表演是一个奥秘，一个令人心驰神往的奥秘。享受它吧，并且尊重它——在你观看表演的时候，尤其是在你自己表演的时候。当你自己表演的时候，你要知道自己的目的地，同时又要对到达目的地的各种可能的方式保持开放的态度。奥秘的揭开往往是缓慢的，并且出人意料；而谜题则有确切的答案，好比填字游戏或拼图游戏，答案就得是某个单词或某片拼图。戏剧界的人往往把表演当作谜题，而不觉得它有什么神秘之处。他们寻求确切的答案，把事情安排得井井有条，然后呈现出缺乏温度、缺少自然感的演出。

比起寻求确切的答案，相反的态度是"我不知道"——这句话特别有用。当你说出"关于我所在的这个世界中的大多数事物，我都一无所知"，你就给自己留出了空间，让自己能够体验到这个世界下一秒带给你的惊喜和启发。"我不知道"这四个字是打开通往未知世界之门最好的钥匙。我在这里指的主要是排练，有时甚至也包括演出。排练这件事，其实就是"我不知道，我要弄清楚"。我们在排练中去发现、去尝试，我们排练《哈姆雷特》，是为了呈现一个令人惊喜的哈姆雷特。剧本只会让读者的脑海里有一个想象的奥菲利娅，而在排练和演出中，演员则会呈现一个有血有肉的奥菲利娅，一个善变的、傻傻的、性感的、愚蠢的或者童真得要命的儿时玩伴。那么，如果你演哈姆雷特，当她向你走过来时，你会做些什么或说些什么？"我不知道"就是最有创造性的答案。在把这场戏排演了多次之后，演员会选择某种艺术处理方式（艺术，说到底就是选择），但总会留出一些空间。比如因为突然的爱情冲动，哈姆雷特在送奥菲利娅去修道院之前可能会亲吻她。表演的乐趣之一，就是亲身经历这些让自己意外的未知啊！

在一轮持续时间很长的演出中，要保持这种神秘感真的很难。你大概已经打开了每一扇门，查看了每一个角落，尝试了九种不同的方法。尽管如此，当大幕拉开的时候，演员（和观众）还是应该觉得一切皆有可能。如果你太舒服、太放松，观众也会变得太舒服、太放松，想要打盹。如果你只是按部就班、照本宣科，观众就会猜到你要做什么，就会觉得值不回票价了。而如果演员保持兴奋，探索各种可能的行动，不断地来回尝试，演出就会变得精彩、有感染力，就会更好看。观众则会在台词之外和行动的表象之下感受到角色命运的紧张，进而与演员一同呼吸。

怯　场

之前我写到站在舞台侧翼等待那一声"开幕"的紧张和快乐。有快乐，有兴奋，也有恐惧，没理由的恐惧。这就是怯场。

1944 年，我应征加入伞兵部队，在乔治亚州的本宁堡军事基地接受训练。有一项训练是我们必须沿着垂直的梯子爬上一个大约 15 米高的平台，平台是木头做的，看起来晃晃悠悠。我们双手交替着往上爬，感觉梯子似乎没有尽头。一旦爬上了平台，我们就得把一根绳子挂在我们身上穿的类似吊裤带的保护带上，然后临空跳下。我站在平台上，背上感觉空荡荡的，但我知道有那根勾着我的保护带的绳子连着一根杆子上的滑轮装置；绳子只有四五米长，确保我们不至于砸到地面上。我冷汗直冒、心跳加速、口唇干燥，等着跳的指令。就在这个时刻，站在某种危险边缘，想要活下来然而受到挑战的我，突然体验到一种强烈的兴奋，甚至可以说是快乐。我跳了下去。那次"上场"让我毕生难忘。

那天的一跳就像是一部新戏中的首次上场。我的头脑很清楚我不会砸到地面上，但我的内心可不管这些——这有点像怯场。这时候就需要勇气。而演员上场时的这一"跳"是真正充满勇气的，因为他知道，这么做意味着自己将暴露在聚光灯下，暴露在嘲笑甚至敌意中，变得敏感而容易受伤。

怯场在某种程度上会影响所有演员。在它面前，多年的舞台生涯，甚至长久以来的技艺准备都变得无足轻重。要想减轻这种恐惧，就必须学会专注于自己之外的某件事情，必须在排练中做出那些需要高度专注的行动选择。此外，还要记得保持顺畅的呼吸。享受心跳加速甚至口唇干燥的感觉吧。放胆迎接挑战，感受随之而来的兴奋，以及活在当下的由衷喜悦吧。

14　在镜头前 VS 在舞台上

今天,有一种说法是,在镜头前表演跟在舞台上表演比起来需要更多的东西。事实并非如此。不论电影有哪些新的技术要求,演员需要带到片场的东西都一样是天分、感受力、理解力和冒险精神。不论媒介是哪一种,演员的工作,即表演的技艺都不会变。当然也会有一些新的挑战,但不论电影技术怎样变化,不会变也一定不能变的都是演员内在的、发达的真实感。一个戏剧演员在演电影时会利用他已经掌握的那些戏剧表演技能,然后对它们进行调整以应对电影带来的新挑战。一部电影并不需要一个好演员拿出他所没有的东西。真正的演员能够懂得那些技术上的要求。

想想在剧院里可能会面临怎样的技术挑战。演员的表演方式首先会受到演出场地的影响。不论是大剧场还是小剧场,是镜框式舞台还是中心式舞台,是室内还是室外,演员都必须适应。在只有100座的小剧场,演员需要用很安静、亲密的方式完成真实的表演。而在有1000座的大剧场,他仍然需要让观众充分感受到那种亲密的时刻,但他的气息得更足、身体动作的幅度得更大；他还必须给他的情感装上放大镜，让它们能够抵达剧场后排的观众。但万变不离其宗，演员的根本愿望始终是体验，从而揭示和表达他的内在真实。

如果是中心式舞台，演员必须在朝向上兼顾前后左右的观众，但有时候也可以是随机的。假设演员学会了在布景设计师建造的舞台世界中生动地表演，那么即使她走上一个空荡荡的舞台，上面没有任何道具和家具，她也必须能够适应。

在现场演出的戏剧中，创造并充分呈现角色每一个当下的时刻，然后才进入下一个时刻，是完成一场好表演的关键。而在电影表演中，一次完成一个时刻的呈现也是演技的核心。拍电影的时候不是按照故事的时间顺序（死的那场戏可能在第一天拍，而浪漫的第一次相遇可能在最后一天拍），前后不存在情感的连续性，所以演员还能做的也是他必须做的，其实就是一次完成一个时刻了。不过，电影和戏剧讲故事的方式有一个主要的差别。戏剧是现场的，所以表演上有着完整的连续性，演员可以一路抵达那个情感的创伤时刻。而电影就没法给演员这样连续的动力，他必须在没有前一刻发生的事做铺垫的情况下做足功课，让自己能够创造出那个情感的创伤时刻，甚至是一次又一次地创造。所以在电影的拍摄中，这个媒介的方式决定了你不可能一步一步地抵达情感的高潮。

在一部早期的影片《大饭店》(*Grand Hotel*, 1932) 中，葛丽泰·嘉宝 (Greta Garbo) 有一场打电话的戏。这场戏很长，一个镜头到底，嘉宝的表演情感真挚，创造出了一个非凡的时刻。或许在拍这场戏之前，她就坐在某把椅子上，安静地喝着咖啡，和化装师聊着天。然后某位工作人员说："嘉宝小姐，我们准备好了。"于是她走到布景中，保持自然的呼吸，然后听到一声"开机"——那个带着渴望和强烈情感需要的痛苦时刻开始了。她的表演是迷人的。她的信念感很强，毫不费力就创造出了那个时刻，让我们简直忘了呼吸。我不知道嘉宝女士是怎么准备的，但我知道她一定有自己的方法进入自己的内心深处，然后在拿起话筒的一瞬进入那个时刻。她的表演技艺、她为这个情感强烈的时刻所做的准备，和舞台演员站在侧幕准备上场的时候是一样的。

正如很多人谈到的，电影导演在拍一场戏的时候会有一些外在的要求。电影导演要的只是他希望留在画格内的东西，所以电影表演相应会有一些必需的技术要求。假设一个非常棒的舞台演员去演一部电影，在拍一个特写镜头的时候他常常会听到这样的话："你动得太多了，站定一些。"这种（愚蠢的）指示会毁掉好的表演。摄影指导需要演员做的是减少那些随意的动作。而要做到这一点，就必须有更强的情感张力和紧迫感，必须更深地潜入角色的内心生活。有了紧迫感，也就是把更敏锐的注意力放在对手演员身上，才能有效减少随意的动作。

另外，电影演员还必须按照地上的标记精确走位，始终知道自己的主光在哪儿，有时候还得像看着情人的眼睛一样深情地凝视镜头。业界最优秀的那些有创造力的演员能够找到方法来解决这些技术问题，不会让表演的投入状态和真实感损失分毫。在舞台上，演员可能需要观看一场不存在的网球比赛，或者在一场"地震"中努力活下来；而在银幕上，演员可能会跟一个机器人拍打斗戏，或者在有待加入后期特效的镜头前对着空气表演。让想象变得像真的一样是演员的天职，不管是在镜头前还是在舞台上。在各种复杂的技术条件下，演员必须能够保持内心的真实感。

即使是按标记走位这种简单的技术要求，也能够不破坏真实感地借助想象来完成。有一次拍戏，斯宾塞·屈赛（Spencer Tracy）需要从标记 A 走到标记 B，好让摄影机能跟住他而不会失焦。为了找到标记，他需要稍微看一眼地面，但他在这么做时依然和角色融合得天衣无缝。在最后的成片中，这个角色目光低垂，好像在想着什么心事——实际上，屈赛是在找他的标记。

舞台演员也可能面对类似的技术要求，比如找标记或找灯光。N. 理查德·纳什（N. Richard Nash）创作的戏剧《雨缘》(*The Rainmaker*) 当年在百老汇上演时，由优秀的演员兼导演约瑟夫·安东尼（Joe Anthony）执导，杰拉尔丁·佩奇（Geraldine Page）主演。佩奇有一个出名的特点就是时常会有一些过多的（却也讨人喜欢的）肢体动作，以至于有一天在排练的时候，坐在剧场后排的安东尼先生朝她喊道："格里[①]，什么也别做，就站在那儿！"在那部戏里，安东尼让佩奇在连续几场情感强烈的戏结束后站着纹丝不动。他想要场灯全都暗掉，只留一盏聚光灯打给她，五秒钟后再暗掉，然后佩奇小姐

[①] 格里，杰拉尔丁的昵称。

进入下一场戏。后来有一次我问乔[①]，佩奇女士找标记有没有出过错。"没有，从来没有。"

在舞台上和在镜头前相比，尽管演员必须具备的技艺是一样的，但也还是有一些不同。其中最大的不同，当然是舞台表演是直接面对现场观众的。现场演出的戏剧需要演员亲身经历一趟两个小时的旅程：从开头到中间再到结尾，一路完整地体验下来——每一晚都不同，每一晚又都一样。这样的旅程让人筋疲力尽却又兴奋不已，而在那些重场戏中，剧情和故事本身就能够支撑和维持演员的状态。受过舞台训练的演员在演美狄亚、威利·洛曼甚至是彼得·潘的时候就好比马拉松运动员，知道自己在跑步途中身体和心理需求会有什么变化，知道一路上在哪些地方可以稍作休息，也知道临近终点该怎么冲刺。而最优秀的、训练有素的电影演员则更像是百米短跑或者400米短跑的冠军，坐着等待上场。比赛马上开始时，他走上起跑线。"各就各位。预备。开始！"他冲向终点。这同样是一种了不起的成就，演员在片场拍一场戏时就是这样。而真正的演员必须为马拉松和短跑都做好准备。

[①] 乔，约瑟夫的昵称。

15　无时不在的内心戏

不论在生活中还是在舞台上，我们都会有内心戏，就是只在头脑中默默冒出的对话，无时不在，但毫无声息，有时候会被意识盯上，有时候又信马由缰。这些对话有时藏着非常丰富的幽默感，有时则酝酿着呼之欲出的怒火。

在生活中，这种内心的对话是在无意识间冒出来的，没有计划，大多数时候也没有方向，而且只从一个自我中来。然而，在舞台上，总是有两个自我：一个是被创造出来的角色，带着潜台词不由分说地大声说话，自信地前进；另一个是正在表演的演员，用一种小小的、隐秘的声音不停地抱怨和评判自己——极少有赞扬的时候。两个自我争先恐后地说着自己的心里话，有时争执不休，有时携手前行。这种情况下，最让人闹心也最影响表演的状态可以称为"双声病"：演员的声音和角色的声音在舞台上各自为政。这两首咏叹调应该合为一体，而其中那个不断否定、评判的隐秘声音也应该成为奇妙想象中的角色潜台词的一部分。

在生活中，我们经常会想："见鬼，我说错话了。"或者

"我想说什么来着？我忘了。"在舞台上，一旦灯光亮起，你就要邀请甚至鼓励每一种想法和体验降临，欢迎它们来到你想象中的世界。

当然，演员会希望这种马拉松一样没完没了的内心对话能够直接从角色的需要中来，但有时候它只是来自演员自己的恐惧、不快，或者来自其他演员突然给你的"礼物"——不管你喜欢不喜欢。而对于正在全心投入表演的训练有素的演员来说，发掘出真正的想法，真实的、不循常规的隐秘的想法是一种重要的能力，因为这些想法不管是从哪里来的，都能够帮助演员塑造角色。〔在影片《码头风云》(On the Waterfront, 1954)中，白兰度饰演的特里和他的黑帮哥哥坐在一辆出租车里，他感到非常受伤和心痛，嘴里不由得念叨着"查利啊，查利啊"。① 这是剧本里没有的台词，白兰度把他的内心独白给讲了出来。这句演员即兴发挥的台词很精练地表现了白兰度演的这个角色，也让这场戏变得让人难忘。这是该片导演卡赞的话。〕②

不是每一个戏剧情境都会引发这样令人揪心的内心对话。往往，这种内心独白只会延伸剧本既有台词的意义和逻辑，而且就像在生活中一样，静静地待在那里。而有时候，它似乎还会偏离主题，让人头疼。别介意。好演员会欢迎甚至鼓励一切

---

① 片中，查利谋杀了特里的一位朋友，但特里没有告发哥哥的罪行，内心受到双重的折磨。
② 见［美］杰夫·扬：《卡赞：导演大师谈他的电影》，纽约：新市场出版社，1999，第168页。Jeff Young, Kazan: *The Master Director Discusses His Films* (New York: Newmarket Press, 1999), 168.——原注

内心戏进入脑海，变得生动可见，甚至有时候还会让它们影响自己的行为。他们会允许内心戏给表演带来变化——不是改变一场戏里角色想要的东西，而是改变角色追求这个东西的方式。

在排练中找到剧本里的某条强有力的行动线并把它演出来，需要的是连续不断的自发性、大大小小的惊喜和现实的非同寻常的方面，而不是老套的生活流。在排练和演出中，演员在完成必要的行动时会欢迎新方式的突然出现。新的方式也可能是无效的、糟糕的，让你唯愿以后再也不要见到它。但有创造性的作品需要意料之外的东西，并不是为了创造而创造，而是为了成就那些可能突然出现的时刻——当它们出现时，你会觉得就应该是这样，而且必须是这样。

IV

让职业生涯更上一层楼

16　为什么要有演员工作室

至少是从南北战争时开始，这个国家就有了由有名的戏剧艺术家开办的戏剧学校。那时候的学校大多数是办给刚入行的演员的，给他们介绍某种具体的表演方法，比如达尔克罗兹体态律动法①、哑剧表演、发声和朗诵，或者教他们舞台上的行为"规范"——都是一些今天已经被淘汰的19世纪表演技巧。而在当时美国人的传统认识里，供有经验的演员来此进修的职业表演工作室还是一个多余的存在。但是到了20世纪20年代，波兰艺术家波列斯拉夫斯基和苏联艺术家乌斯片斯卡娅在美国创建了一个工作室，他们把它叫作"美国实验剧院"，用来探索斯坦尼斯拉夫斯基的表演方法。

职业演员、导演，甚至评论家和制作人都对探索这些新方法充满热情。对他们大多数人来说，这种新体验是颠覆性的。多年以后，尽管他们中的很多人在美国的戏剧表演培训方

---

① 达尔克罗兹体态律动法（Dalcroze Eurhythmics），也叫达尔克罗兹方法，瑞士作曲家、音乐教育家埃米尔·雅克-达尔克罗兹发展出的一套音乐教育体系，通过身体运动来诠释音乐的节奏、结构和表达。

面起到了重要作用，但职业演员继续学习的观念仍然没有被广泛接受。直到30年代中期，随着同人剧团的演出效果令人惊艳，以及迈克尔·契诃夫（Michael Chekhov，作家契诃夫的侄子）开始在美国教授表演，演员们才越来越普遍地开始接受进一步的职业训练。

30年代末40年代初同人剧团解散前后，业界研究他们这套方法的兴趣非常浓厚，斯特拉斯伯格、阿德勒和迈斯纳（同人剧团的主要成员）也持续不断地为职业演员开设表演课程，这些努力最终改变了美国戏剧界。而1947年"演员工作室"的创立（同年哈根也开始开班授课）真正让职业演员接受深造成了一件正常的事。有些演员开始看到职业表演课的价值，也有一些人嘲笑这是浪费时间的愚蠢做法——现在仍然有很多演员这么认为。

这种职业表演课到底是什么？是一门课吗？为什么一个成熟的演员会觉得他需要进入这样一个课堂或者工作室呢？

很显然，保持良好的身体状态是很重要的。表演是种对身体有高要求的职业。就像舞者几乎天天都要进行把杆训练，歌手每天要做发声练习，马拉松运动员每星期要练习四次十几公里的长跑，演员也需要保持适当的状态——不只是身体状态，还有心理状态，尤其是在没戏演的空档。不过，如果演员足够幸运，有戏可演，他还有必要花费工夫（还有金钱）来进行这种所谓的技艺提升吗？

参演一出戏，演员就得为这部戏负责，即延展剧作家所表达的东西。所有的探索工作都是为了将这部戏呈现出来，为了解决戏中的各种问题（而不是演员自己的各种问题），并且激发团队的共同努力。这样的经验会自然地有助于艺术创造力的发展。但是，演员并不是时刻都有戏演（这样说显得委婉一点），而且，这种演戏的工作和演员在工作室所做的工作在性质上还不一样。

在工作室，比如说在我的工作室，成熟的演员所接受的训练旨在加深和拓宽他们的表演能力库，让他们能够更好地调用自身的资源。我们不仅要让演员不断尝试各种新方法，抛弃其中一些无效的，留下那些有效的，从而帮助演员发展自己的直觉，而且要改变一些旧的、死板的表演方法。有启发性的个人发现时常出现在这种工作室的探索中，而在那些有报酬的排练中是不太常有的。

提升自我也意味着发现并抛弃一些坏习惯。这些坏习惯不可避免地存在，是因为演员为了适应行业的要求，常常只调用最表层的自我。演员需要在工作室里将自我的一些碎片整合起来，主要是他在表演中从未有意识地调用过、以前也从未需要过的那部分自我。他需要一个地方来探索媒体和业界认为他"不能演"的角色。他需要一个地方来发现自己有多"适合"那些所谓"不适合"他的角色，并且找到那些预料之外的成功解决表演问题的方法。或许更重要的，是他需要一个地方来让自己失败、"更好地失败"（贝克特语），失败到让人尴尬，甚至让人无法容忍。或者，他需要一个地方让自己以出乎预料的、全新的方式成功地完成表演。很显然，演员这种提升自我的努力就是在帮助自己创造角色。

一个角色会有某些核心的行为元素和心理元素。对这些元素，有的演员会觉得很亲近，有的演员则会感到抗拒，无法投入其中。比如有的演员很容易就能表现出愤怒和攻击性，有的演员可能就很难；有的演员很擅长表演感官和情欲的场面，有的演员演这样的戏可能就会感觉不舒服。另外，男演员需要探索他们内心"女性"的部分，而女演员需要能够和她们"男性"部分的自我和平共处。

演员的这些内在的障碍最好能够在工作室中得到解决，而不是到试演角色的时候才不得不面对。在一部长期演出的戏或者一部长期连播的电视剧中演上几年，这在经济上当然是件难得的好事，能够避免在没有戏演的日子里坐吃山空，也能够在业界得到很有价值的露脸机会。但这样的好机会同时意味着演员要日复一日地只用到他非常有限的一部分自我，而其他没有用到的部分就可能衰退。另外，演员可能还会得到这样的建议："演你自己就好，只消把你自己投入进去。""好啊，"这建议也没错，但问题是，"用哪个'自己'？"在整个职业生涯中，演员发掘和建立了许多许多的自己——或隐秘，或英勇，或凶恶的自己。

在生活这个工作室中，在一部又一部戏的演出中，演员会开始认识到他需要面对这些不同的自己，并且对他们进行分类。不论这些自己在他内心有多么小，演员也得愿意让他们在排练中上场。他需要一个地方来学会怎样调用这些他开始挖掘的不同的自己，而在试演角色的时候，不论这些自己还多么不成熟，他也要尽量用他们，愿意展露其中尚未显现的部分。这需要勇气。剧作家或者编剧想要的是你的哪个自己,是特定的哪个"你"?演出或者拍摄那天,你会把哪个"你"带到剧院或者片场?

演员永远都在变化中。这许多不同的"自己"永远都在不停地变化。今天的颜料不再是昨天的颜料,40岁的红色和25岁的红色不一样。50岁的时候,工作中若是遭遇不公,你可能会悲哀地辞职,而要是放在以前,你可能会暴怒。我希望我的课堂成为一个安全却又充满挑战的地方,让演员能够触及那些变化中的自己。

在生活中,我们总是会表现出不同的自己,有时候是有意识地,有时候是无意识地。往往是我们的朋友或者家人的反应让我们意识到自己的某些部分在不经意间冒了出来,而这可能给他们带来震惊和困扰:"唉,我女儿不是这样的,我已经不认识你了",或者"你现在就跟我爸爸似的",或者"别把自己当上帝了!"就像莎士比亚早就告诫我们的,我们都有很多个自己,都会扮演很多种角色。演员懂得这个道理,并且用它创造出了艺术。而演员要想让所有这些自己成为表演技艺的一部分,就需要练习,也需要勇气。这就是工作室的价值所在。

第一天

所有被邀请进入我的课堂的演员此前都已经完成了表演课程的学习,也已经开始了职业生涯。邀请是在面试之后发出的，我们会充分考虑演员的意愿，然后做出决定：这位演员需要我的课堂，并且现阶段就需要。这个时候他就明白，我没有掌握什么表演的奥秘，没有什么了不得的新招儿——事实上，我甚至并不教表演。我的课堂不是教授"怎么"表演的地方。

工作开始后，我首先会去了解构成他们表演才能的各种元素，不论是非常成熟的还是非常不成熟的，而在此之前，我不会蠢到觉得自己能对他们有什么用处。我先要了解的是演员身上那些强大的、发展充分的、在职业表演经验中反复确认过的技能。然后我会把这些先放到一边。我会把精力放在演员才能的其他方面，那些没有用到的、隐藏起来的、舒适区之外的部分，通过探索和发掘，让它们成为可调用的资源，变成技艺的一部分。这是我和演员共同工作的重要部分。我所寻找的是那个摘下了面具的演员。工作开始后，课堂的门就关上了，没有人来访，也没有人旁观。只有演员，他们可依靠的只有彼此，还有我。

在第一天的课上，我会让大家表演两段独白，一段是现代的，另一段的语言会更加风格化，通常是莎士比亚的作品。我会让他们明白这不是试演：我已经决定和他们一起工作了，而这两段独白是种工具，会帮助我们相互"了解"。接下来我给他们安排的事情就是一起玩。在45分钟的时间里，我们会做一些即兴练习，还有一些（身体上和情感上的）变形游戏。我会让他们扮小丑、唱歌、跳舞甚至跳绳，还有比如说把一段台词打散了然后再拼回来。这样，在我试着发现"表演"对他们来说意味着什么的过程中，不仅我会越来越多地了解他们，他们也会越来越融入这个工作室。我试着在每一个新演员身上发现他已经具备哪些能力，了解它们是多是少，在多大程度上需要提升。把这些东西用文字总结出来不可避免地会不完整，不过我还是列出了几个主要的方面。

性格和搞笑能力

- 受到刺激时能够快速做出真实的情感反应
- 不害怕听到预料之外的笑声，或者能够让突然低落的情绪不加掩饰地涌现出来

身体的敏感度和易受影响程度

- 内心有最微小的触动时，身体能够诚实地做出令人可以觉察的反应
- 不需要预先思考、做计划或者借助语言，身体就能够有所表达

语 言

- 借助辅音和元音给一句台词收尾的生理快感
- 以完美的方式用言语表达一个想法的能力

幽默感

- 对自己以及这个世界的幽默感
- 发现、接受和分享自己傻的一面
- 乐于解读世上好笑的事物，用言语和身体表达出来

呼 吸

- 膈收放自如的程度
- 呼吸的频率、气息的长短和深浅,尤其是说话的时候

我知道我想发现的净是些难以知晓的东西:演员身上保留了多少童真?虽然不是音乐人,演员的乐感怎么样?虽然不是舞者,演员的舞蹈天分怎么样?

第一天之后

一周又一周,课堂上的内容是不断变化的,只有最基本的方向保持不变。我没有课程表,没有教案。我的工作是即兴的,取决于某个演员在具体某场戏或者某个练习中有什么需要。所以我的课堂并不是为了"排出一场漂亮的戏",更多的是关乎演员的成长。

每一堂课的形式取决于安排了多少场戏、多少个练习。不过每一堂课的内容都十分不一样,完全取决于演员们在那堂课上带来了什么样的作品。我并不会预先想好我会教什么、我会有怎样的安排。

集体教学与表演练习

课一开始,我先让演员们躺在地板上。大家练习肌肉放松、专注力,然后用各自独特的方式让自己进入创作的状态。

当我认为大家都充分专注的时候，就会给他们安排一些即兴练习来放飞想象力、探索自己的经验史、充实自己的感觉素材库。这一个小时是属于演员的。然后，他们会进一步探索和发展那个无论在课堂上还是未来工作的排练中都可能用到的自我。经过这些训练，他们将能够发现用于探索的新工具，以及新的探索领域。

接下来会是一些我建议的或者演员自己选择的个人练习，各自在家里完成。这些都是经典的表演练习，有一些是我继承自我的老师，然后做了一些调整（有些是不经意的），也有一些是我自己设计的。所有练习都是为了攻克演员技艺的不足，或者找到帮助演员更好地从外在和内在表现角色行为的新方法。

其中一些练习聚焦在记忆中的某个地方、对理想生活的探索、一个人内心的小丑。还有一些练习，比如扮演动物和细致观察绘画中的视听元素（有些是画中既有的，有些是联想出来的），可以帮助演员塑造角色。（千真万确，卡拉瓦乔和伦勃朗是伟大的表演老师。）

片段排演

最后，工作室主要使用的"工具"是排演片段。先私下排练，然后在课堂上排演。排练的时间有时很早，有时很晚。但排练之后有的只是下一次排练。没有观众，就并不是演出。在工作室中，演员通过一个个片段来探索新的、此前从未尝试过的方式，将一部戏所需要的各种元素，比如台词、角色、搭档、地点和事件等逐一整合起来。有时，工作室给演员选择片段优先考虑的是是否利于演员能力的提升，而不是能否解决剧本中的问题（这是你试演角色时必须完成的任务）。演员第一次做片段汇报的时候，千万不要打断。之后他们经常会重新排练、组织这些片段，然后回到课堂上再演上两三次。

每一次片段排演，演员都应该努力想清楚他这次想要探索的是哪个或者哪些问题。我鼓励他们做出取舍，而不是试图在一次排练中解决所有问题。比如今天的排练可能需要更细致地打磨角色的行为逻辑，那其他问题（比如角色的重点行动，或者对搭档的充分专注）今天可能就得先放一放。演员也可能会选择研究某个自己需要面对的个人障碍，或者会尝试一些运用自己身体或情感的方式——这个片段给这种方式留出了足够的发挥空间，让它有机会得到锻炼。选择解决某个问题，就得先放一放其他问题，排练的时候就应该这样。一种有用的选择是什么也不选，什么都不要考虑，只是在排练中试着去理解这个片段的内涵。也就是以不带任何预先判断的状态进入排练，让台词带领自己前进，完全投入和其他角色的关系中，而这需要练习。

某一天，某位演员可能会试着排演他从来没有正式演出过的莎士比亚的作品。演得好也罢、不好也罢，尽量去感受他抑扬顿挫的语言风格。另一位演员可能需要理解行动和叙事的概念。还有一位演员可能会练习怎样全身心投入表演的每一个时刻，而不去考虑什么是该做的（或不该做的）、合理的（或不合理的）、好的（或坏的），也不去考虑后续的排练中有什么要紧的事情必须完成。在研究某个具体角色的时候，试着做出那些违背直觉的或者夸张的选择（不论是外在的还是内在的）也许能够帮你看清作品的面貌。在片段排练中，有价值的发现是不会穷尽的。

在表演练习和片段排演之后，我会鼓励大家对彼此的表演做出评价，但是要从某个具体的角度，比如和上次的表演比有哪些进步、今天这次在哪方面演得比较用心、基本功方面（比如放松和专注）做得怎样。片段排演之后的评论应该针对某位演员所要尝试解决的问题本身，而不能像导演评价演员那样。如果一个演员喜欢另一个演员的表演，或者觉得有不足，他得问自己这样的问题："为什么？他做了什么或者没做什么才让我有这样的感觉？"我们不是观众，我们是同人。

暴露隐秘的自己，以及课堂小团体

对演员来说，练习中最重要、最不可缺少也最难的，不是找到表演的工具，不是完成角色的任务，也不是掌握或旧或新的表演方法，而是把内心隐秘的自己暴露出来，不论是以最简单还是最复杂的方式。只有这样，演员还没有派上用场的那部分才华才能够被创造性地运用到表演中。在工作室中，演员要试着在很多人面前把隐秘的自己完完全全地呈现出来，这能让他更好地认识和理解这一点在表演中的价值。要探索和体验"暴露隐秘的自己"确实不容易。私下里做到这一点就已经够难了，因为人很难面对真实的自己，很难不带任何评判地和这样的自己赤裸相见。而在表演中，你偏偏又必须做到在公众面前独自进入这样的状态。

在课堂上，大家一旦在某个演员的表演中看到了进步，整个班级都会受到重大的影响。一个人的成功会变成所有人的成功——社群的效用就显现了。这些正在不断探索的演员此刻都在倾听着彼此。他们不再带着评判的心态，而开始相互帮助。一个好的职业表演班理应使演员之间发展出更加强有力的信任和羁绊，这是一种非常积极的体验，会让演员更好地融入未来的职业生活。

17　怎样才算是好老师

怎样才算是好老师？或者说，怎样才算是好的表演老师？

激　情

对所教的学科充满激情，并且乐于分享。善于优雅地解决学生身上或者书本中的问题，不论是学生简洁地证明了一道数学题，还是演员突然发现了一个藏在表象之下、难以捉摸的真相。对学科的技能充满激情。

育人的本能

内心对学生的成长和进步怀有深深的喜悦。愿意成为他人迈向成功道路上的阶梯。

好奇心

这看起来是件小事，但其实很重要。它意味着对新事物有一种容易兴奋的、没有受限的开放心态，能够在学生看到某些你没有注意到的东西时保持愉悦，并且勇于尝试，不怕犯错。它意味着向学生学习。

教学中不可能永远保持最好的状态。不过，这是我们的目标。当我们有那么一个小时做到了，我们应该感到高兴。当我们做得没那么尽如人意，而且不知道是怎么回事时，我们也会难过。

18　孤立无援的境地

　　如果一个演员在生命的最后时刻客观地回顾自己的表演生涯，把所有他觉得成功的表演放进一个篮子，把所有他觉得失败的放进另一个篮子，那么失败的篮子会更重。而且越是成熟、独特甚至杰出的艺术家，他的这个"失败"的篮子就越满。两个篮子里都是演员做出的艺术选择——有些选择可能改变人生，有些可能被彻底遗忘。那些足够成功的表演想让我们时常回顾它们，而我们也确实会这么做；它们给我们鼓励，提醒我们记住自己的价值。而那些失败的表演，不论失败的程度是大是小，也时常在我们的脑海中不请自来，让我们感到心痛、焦虑和疑惑。
　　失败的表演会被别人记住，而我们只恨不得它们从未发生过。我在这里谈到的失败，指的不是演员没能靠表演谋生，没能接到戏，没能解决商业戏剧中的难题。在很多情况下，那些也是行业本身的失败。演员当然有责任学会适应表演行业，走出一条自己的职业之路，然而，还是有一些最出色、最成熟、最有激情的演员在多年不断遭到拒绝后，不得不放弃自己的职业生涯。不过这些失败在这里暂且不谈。我谈的是演员的技艺方面：做出错误的理解、愚蠢的选择，或者错失某些机会。

在表演中，失败是不可避免的吗？是的。失败是必要的吗，是有用的吗？当然。对于表演者来说，失败意味着能力不足，意味着付出了努力却没有得到想要的结果：没能让观众笑，没能找到合适的身体表达方式或内心最深处与角色的共鸣，或者没能理解与其他角色之间关系的实质。我们不能接受那些差强人意的结果。我们继续尝试，不断失败，直到那个灵光一现的时刻终于到来。通向审美理想的道路是由失败铺就的。

事实上，我们的敌人不是失败本身，而是我们对失败的恐惧。从更广泛的意义上说，演员必须全心全意去实现那个非同寻常、令人震撼而且意蕴丰富的想法，哪怕它在那些唱反调的人眼里是不合适的或者无法接受的。至于这个想法到底是一次差劲的尝试，还是一个了不起的开端，演员自己会找到答案。试试看。记住，正是对失败的恐惧让演员做出妥协，选择那种简单、老套、容易接受的方式。演员要做好失败的心理准备，要去寻求那个藏在表象之下、难以捉摸的真相，要承担被嘲笑甚至被奚落的风险，而做到这些需要非凡的勇气，需要演员的勇气。

这个观点不是什么陈腐的哲学劝诫。这关系到演员的表演、排练中的表演，还有演出中的表演。演员必须有这样的觉悟：不怕犯错，不怕做更进一步的尝试，不怕显得夸张甚至愚蠢。在不断失败的过程中,可能孕育出那么一个令人真正满意的高光时刻,而那个时刻就是好表演的奥秘所在。我们在表演的时候,想要的就是这么一个真实的时刻。然后是下一个这样的时刻,然后是再下一个。

这些时刻可小可大,可能小到只是关于处理一个道具,也可能大到持续好几页剧本,甚至改变整部戏的走向。这就像把一堆珠宝串成一条项链。舞台艺术家们不容易得到满足。我们扔掉一样东西,然后又捡回来。我们知道自己什么时候不在状态,想要的东西没有找到时也一样心知肚明。我们很清楚自己什么时候在撒谎,哪怕身边的同事都没有感觉出来。我们全神贯注地追寻每一个时刻,希望串成那条项链。

当然,事实很难这样如我们的愿。每一场演出都会有一些平庸的时刻、一些不错的时刻,还有一些不太令人满意的时刻。演员可不想每场演出都一成不变,于是就会有失败(总是会有)。昨天实现了的完美时刻,今天又莫名其妙地不见了。你想找回昨天发现过的真相,却失败了。没关系,你只需要活在今天的真相中。有时候你不得不撒谎:把谎撒得漂亮些,并且知道自己在撒谎——永远不要对自己撒谎。观众会看到那串项链很漂亮,也会看到上面的每一处瑕疵。

如果一场情感激烈的戏你进入不了状态,就老老实实地完成排练好的、由某种强烈的内在需求引发的外在行为。如果今天晚上你内心的引擎死活转不起来,就只完成形体动作,而不要生演那种情感需求。情感不能作假。哪怕对手演员的台词是"你为什么生气?",也不要装出生气的样子。但你还是要做出威胁对手的行动,直到他的脸色像之前演到这里时一样变得煞白。吹胡子瞪眼、剑拔弩张,准备大战一场。换句话说,该做什么就还做什么,甚至要做得更到位。但千万不要假装任何情感,包括生气。我会跟演员说:情感是行动的结果。情感若不是强行加入的,不是在意识注视下的,就应该自然而然地爆发出来,并且强劲有力。

关于演员的失败,还有一点。演员所做的就像日复一日、周复一周地想要打开一些蚌壳,在里面找到珍珠。而"光荣的失败"是司空见惯的,对每个演员来说都是这样——对任何一个艺术家或科学家来说都是这样。科学家在实验室中的失败,或者演员在舞台上的失败,都是意料之中的,甚至是有益的,不过两者之间还是有一个重要的差别。科学家在研发新药或者建筑师在设计桥梁的过程中如果犯了某个错误而没有及时发现,可能会害死人。因为这是他们所处的现实世界,对他们来说这一切都是真的。而演员在现实世界之外有另一个世界,一个并不是真的但在心理上真实的世界。演员的世界也涉及生死,但准确来说,是心理层面的。没错,演员在舞台上可能心里想着:"我死在了那里""他被杀了""这就像是一场葬礼",或者反过来,"我杀死了他"。这算是开玩笑,但也并非真的是开玩笑。在我们的表演中,我们可能有受到心理创伤的感觉,这感觉是真实的。所以在一晚又一晚的演出中,我们需要勇气。也许有时候我们会告诉自己,这不过是一份工作,何必那么当回事呢?但它的确需要被当回事。

想想看,不管是画家、科学家、建筑师还是作家,都可以在他们的工作室里仅仅向他们自己宣告作品已经完工。无论是好是坏，是达到新的高度还是离期待相去甚远，他们的作品此刻都已经完成了。不满意的话，作家可以按"删除"键，画家可以把画涂掉，电影导演可以把不要的镜头剪掉。可是演员呢？最后一次连排、最后一次彩排，然后是演出当晚——"鬼火灯"郑重其事地暗下，场灯灭掉，舞台灯光亮起，演员等候在黑暗中，肾上腺素飙升，呼吸变得短促，等着迈上舞台，走到上千个陌生人面前，开始艺术创作。之后，所有的揭示、所有的真相、所有的冒险和痛苦挣扎，演员都必须敢于赤裸裸地展现在这些观众面前。对于演员来说，所有创作的时刻都是在众目睽睽之下进行的，而众目中的他却是最敏感脆弱的状态，仿佛是一丝不挂地进入每一个时刻。这是一件勇敢的事。不过，只有角色这层薄薄的面纱的掩护，把真实的自己暴露在观众面前，也会令演员感到满足和充实。

　　如果你错得离谱，你自己会感觉到，就像心里有伤你会知道一样。虽然有时候我们不太愿意承认，但我们在意观众的程度其实很深。我们在意我们能不能影响他们，甚至改变他们。我们在意他们是不是"懂我们"，懂了的时候他们会充满生气，哭得难以自制或者笑得前俯后仰。所以如果他们没懂我们（这种时候我们是知道的），我们的心就会痛。这有点像死去的感觉。

19 阻 碍

演员追求职业生涯成功的路上总会有一些阻碍,简直就像路障一样。这些阻碍可以分成两种:来自演员的和来自行业的。首先是行业。这个行业最糟糕也最矛盾的一点是,如果你没有成绩他们就不会雇你,而他们不雇你,你也没办法拿出成绩。一个演员需要找一个经纪人,他必须通过经纪人和选角导演们保持联系,而他们在看到他的表演之前压根不会考虑他。没办法,戏剧界就是这样:投出的简历往往石沉大海,或者被无情地拒绝,接戏常常靠运气。

行业的阻碍还有很多,不胜枚举,而且这些阻碍会一代一代地发生变化。逆流而上绝不是一件容易的事。20世纪上半叶,所有演员的名字听起来得是雅利安人的名字,不然就得改,带有异域风情或者听着像犹太人的名字是不被允许的。鼻子的大小也很重要,尤其是女演员的鼻子,以至于专门做鼻子整形手术的医生发了大财。我们都应该感激吉娜·劳洛勃丽吉达和芭芭拉·史翠珊，①她们俩一个保住了演员的名字，一个保住了演员的鼻子。这些年来，业界在选角方面还有很多积极的变化，不过，少数族裔的演员要融入美国演艺界仍然面临着很多困难。

然后是选角的类型化。经纪人和经理人都会告诉你，要了解你适合演哪类角色，了解行业对你的看法。我很清楚这套让演员乖乖听话的逻辑。如果你很幸运地拿到了一个角色，你就将在你被划归的类型里谋生了："你是演这类角色的，不是那类。抱歉。"而那些最好的演员会拒绝行业的这种做法，会试着通过别的途径找到更大的空间。1943年，当时和我同学的洛伊丝·惠勒②刚刚从邻里剧院毕业，决定去试演一个角色——一个叫玛格丽特的12岁女孩。这部作品是保罗·奥斯本（Paul Osborn）创作的《牙买加飓风》（*The Innocent Voyage*），由当时最大的演出团体同人剧团搬上舞台。洛伊丝已经20多岁，是一个发育完全的漂亮女人。为了把自己打造成12岁，她卸了妆、束了胸、穿上平底鞋，还特意让她的妹妹假装是她的监护人，带着她去试演。结果，两位大名鼎鼎的制作人劳伦斯·兰纳和特里萨·赫尔本③看到面前这个"孩

---

① 吉娜·劳洛勃丽吉达（Gina Lollobrigida），意大利演员、摄影记者，其名字带有明显的意大利风情。芭芭拉·史翠珊（Barbra Streisand），犹太裔美国歌手、演员，刚出道时曾被建议去做鼻子整形手术，但她拒绝了。
② 即洛伊丝·惠勒·斯诺（Lois Wheeler Snow），美国演员，埃德加·斯诺的第二任妻子。著有《我热爱中国：在斯诺生命的最后日子里》（*A Death with Dignity: When the Chinese Came*）。
③ 特里萨·赫尔本（Theresa Helburn, 1887—1959），美国剧作家、戏剧制作人，同人剧团的创始人之一。

子",对她超出年龄的成熟表现感到惊讶不已。最后她拿到了这个角色,顺利登上了百老汇的舞台,首演的评价也非常棒。之后她就一直这样假装,但这也不是那么容易的。洛伊丝的烟瘾很大,每天午饭时间她都会溜出剧院,去一家相当远的咖啡馆抽支烟。有一天,舞台监督碰巧去了同一家咖啡馆吃午饭,至此她隐瞒年龄的小把戏总算暴露了。不过这部戏的宣传人员倒是乐坏了,然后这个故事就出现在了纽约所有的报纸上。

演员类型化的消极影响

1942年,演员协会出了一本《演员名册》,里面有所有加入协会的演员(不论是刚入行的,还是已经在百老汇工作了20年的)的资料,每个人一张照片、一段简介。每个演员都被分了类,比如"男/女主角""青少年角色"或者"喜剧性格演员"。导演和制作人都会看这个名册,我们演员也希望他们能够翻到自己这一页。1951年的时候,我把自己的类别定为"喜剧性格演员",和那些前辈一样。因为业界最有可能就是这么看我的,甚至最有可能选我演这类角色。

这种分类是从19世纪甚至更早的时期流传下来的,那时候连合同里都会写上演员的类型,比如总是演主角朋友的就叫"第二主角"。[①] 一位经纪人(张伯伦·布朗,20世纪早期他就

[①] 可以追溯到19世纪的五花八门的分类还有:"轻松喜剧主角""领唱""严肃反派""龙套",以及"万金油"。见[英]克林顿—巴德利:《开演成功》,伦敦:帕特南出版社,1954,第114页。V. C. Clinton-Baddeley, *All Right on the Night* (London: Putnam, 1954), 114.——原注

在业界出人头地了）曾告诉我，永远不可能有人选我去演一个战士。他说："你不是那个类型的。"（真希望我入伍之前他跟征兵委员会这么说过。）

这种很机械的选角方式以前是行业常规，今天已经被淘汰，不过类型化的选角还是不可避免。特别是在影视界，选角时关心的是走进来的这位演员看上去、听上去像不像剧本里的人物。考虑到影视剧拍摄的快节奏和特写镜头，这是可以理解的。但这种风气也影响了现场演出的戏剧和演员培训。现在有一些课程专门教演员了解业界是怎么看待自己的，也就是教演员了解自己的类型。可能要想拿到角色就必须这么做，但也可能没有这个必要。如果演员能够展现出内心隐秘的一面，展现出特别黑暗或者特别光明的一面，他在试演的时候就能更出彩、更令人惊喜。

这种类型化剥夺了演员在不同角色之间，在身体表现、情感表达和最后的视觉呈现上挑战奇迹般的转变的机会，进而剥夺了这样的挑战给演员带来的极大满足感以及给观众带来的乐趣。

20世纪上半叶，甚至直到60年代末，演员的装还是化得特别夸张。他们得带着化装箱，里面有假发，有黏假发用的化装胶水，有塑鼻软膏，当然，还有化装用的油彩以及数不清的卸装用的冷霜。对演员来说，比起外在的打扮，更重要的是创造出"走心"的角色，找到那个不同于以往的、隐秘的、几乎认不出来的"自己"，将之灌注到角色中，从而丰富整部作品的表现。你可以演老的、少的、瘦的、胖的角色，这样你的角色就会和你日常呈现的自己不一样。不幸的是，今天的演员在去试演的时候，很少会被要求表现更多样的自己。

演员必须在商业化的行业中生存。商业化意味着行业会把演员视作一种有市场需求的产品："我们怎么才能吸引到最大规模的消费者？"但不是靠产品本身的品质，而是靠它的样子。比如一款牙膏是不错，但它也要有一个新的包装、一些新的颜色。演员不是日用品，不是产品——也不要让人这么以为。演员不是傻子。样貌当然重要，我们应该在意自己在观众看来是什么样子，所以我们会做一些妥协。但不要妥协得过分，不要妥协到已经不是你的样子，或者成了你不愿意成为的样子。

一个更大的阻碍

即使行业的阻碍都没有了，演员也永远无法避开自身的阻碍。有一次我问一个知名的演员，他觉得自己的职业道路上最大的阻碍是什么。他想了一会儿，只回答了一个字："我。"这个答案很诚实，也是所有艺术家都必须面对的。演员创作所用的工具就是他全部的自己，而这个"我"似乎有无穷无尽的方面需要他在创作中克服，比如失去自信、冷漠、傲慢、畏惧、不愿意改变。最糟糕的是那副面具，那个呈现在众人面前的自己——演员必须学会扔掉它。

关于"我"的各种问题会贯穿演员职业生涯的始终。有一个令人痛苦的悖论：最有经验、最成熟甚至最有才华的演员产生的怀疑最多,不安全感最重;而那些最青涩、最无知的演员感受到的恐惧反而最少,因为对他们来说大多数东西都是确定的,他们的自我也最不敏感,因而不容易受伤。那些成熟的演员会发现,他的表演经验越多,他看到的缺陷就越多,他感觉到的藏在深处等待揭示的真相和意识到的自己的不足也越多。然而,也正是在同这些可怕的不安全感、令人绝望的怀疑和难以疗愈的创痛的反复搏斗中,演员才能创造出艺术。

解决的方法

暂且不谈"直面自我"这个艺术家一辈子都逃不开的问题,行业设置的阻碍似乎就够难以解决的了。越来越多的演员不再被动地等着行业找到自己。他们会和一些志同道合的演员一起演自己的戏,不论舞台是在地下室、阁楼,还是街市、停车场;他们也会找到那些志同道合的导演,而且如果足够幸运的话,还能找到有前途的剧作者,演出他们创作的一些有启发性和挑战性的作品并从中获得成长。我说的不是那种秀场,一些经纪公司很敷衍地派一两个新手演员上台,演那些一时拼凑起来的感伤故事。(至少)在过去60年里,一些最重要的剧作家、导演和演员创作的一些小规模、边缘化的演出引起了大家的注意。在纽约,百老汇仍然能够承载那些严肃的剧作家,但强调视觉奇观的戏越来越多。就连外百老汇一个戏都要百万美元的制作费。很多年来,外外百老汇和"远离百老汇"一直是演员和剧作家的孵化器。芝加哥、路易斯维尔、西雅图、巴尔的摩以及其他很多城市也有"新创"剧团，一些有抱负的戏剧艺术家在那里创作着有趣的作品。

在描述一个演员在美国戏剧界的生存状态时，我没有提那些愚蠢的戏、迟钝的同事、凶恶的导演，以及没钱又没观众的剧院。我没有提，是因为每一种值得追求的艺术都有阻碍。克服这些阻碍会让成功的感觉更好。而在克服阻碍的过程中，得到一些成功（哪怕是小小的成功）和一些认可还是必要的，否则很难说你是不是适合这一行。如果你并不真的需要表演，如果表演并不是最让你兴奋的事，如果不表演真的能让你的内心平静，那么你应该去做其他一些让你有激情的事。

最后一件重要的事：做好准备。如果你够幸运（因为有时候幸运真的会降临），拿到一个重要的、可能改变你职业生涯的角色，一定要做好准备。做好准备，意味着要尽力把自己的每一点才能都用在这个机会上。作为一个小个子，达斯汀·霍夫曼（Dustin Hoffman）刚出道那会儿很难给人留下特别的印象，也没什么漂亮的履历，却在一部外百老汇的新戏《多余人日记》（Journey of the Fifth Horse）中拿到一个大角色。他确实做好了准备。我亲眼看到他打出了一记本垒打。佩奇有一次接了一部戏，是威廉斯的一部失败的作品《夏日与烟云》（Summer and Smoke）在外百老汇的重排。她也做好了准备。

你可能会说："是这样，不过做好准备具体意味着什么？"

首先，它意味着你得时刻记着这个问题。重要的就是问题本身。问自己在表演中需要留意什么。你已经体会到自己的长处，那你有哪些弱点？问自己有没有准备好，通过检验自己的外部技术和内部技术来回答这个问题。你得非常清楚地了解自己的艺术创作工具，就像著名的钢琴演奏家弗拉基米尔·霍洛威茨（Vladimir Horowitz）那样，他熟悉那架伴随他到处演出的钢琴的每一个方面；他也了解自己的双手，了解它们每一寸肌肉的力量。艺术家越熟悉、越尊重他的外部工具，他内在的天分、他的"乐感"就越能够得到释放。做好准备还意味着什么？给不同的自己留出空间：好笑的自己，愚蠢的自己，黑暗的、被禁锢的自己，还有英雄的自己。

在戏剧行业，拿到了真正的好角色（有很大表现空间的角色），最后却只是表现"合格"的演员数不胜数。在纽约，在其他很多大城市，好演员数以千计。仅仅合格是不够的，还不够。

一个目标坚定的演员如何拓展自己的潜能，什么会对他有帮助，什么会对他有坏处？我的所有想法都围绕一个我反复强调的观点：演员必须表演、表演、表演。找个团体，找个地方。不要太挑剔。机会好也好、不好也好，都试一试。演员是需要观众的。

然后会有那么一些不太经常出现的时刻，我们知道自己发挥了当下全部的潜能——不管其他人怎么想。在这种时刻，我们会理解自己为什么要继续演下去，为什么要选择这一行度过此生。我们可能会想，要是我不那么在乎就好了。但若是没有那样深切的感情,当我们静静坐下来的时候,我们永远不可能有那种内心完满的感觉。就像哈姆雷特向我们承诺的:"如果不是现在,就是总会到来的。一切都已经准备好了。"(《哈姆雷特》第五幕第二场)

后　记

回望：成功、失败，还有那些小小的灾难

　　1945年5月8日，在这个"欧洲胜利"的日子里，二战欧洲战场结束了战斗，成千上万的美国士兵也终于松了一口气。当时，我所属的第101空降师在法国中部临时扎营，而我则刚刚回到部队没多久；因为患了很严重的战壕足，我在第戎的医院待了一阵。

　　当时在欧洲的每个美国士兵都有一个基于他在军队服役时间的数字评定，而海外服役时间的权重更大，如果上过战场，权重还要大。士兵是否退伍就是看这个数字。我们都特别害怕会被送到打日本的战场上去。不过我有一个很体面的大数字，所以我心里有数：我很快就会回家了，回到我在剧院的生活中。

　　过了几周，我在军方报纸《星条旗报》上看到消息，说军方在招演员，为了给那些等着被送到东方战场或者回西方老家的部队慰问演出。这篇文章里给的地址就在巴黎。于是我有了一个大胆的想法。因为现在管理有些松懈，我可以请一个下午的假，连上周末两天（有时候这叫"开小差"），然后搭便车去第17空降师（驻地离巴黎比较近）找我的表演伙伴多尔夫。我们可以一起去部队的特别服务处报名。我在指挥部连队找到了多尔夫。我们俩和他在部队结识的另一个演员朋友一起，搭了两趟军用卡车、一趟拉干草的马车，还有一趟救护车，终于到了巴黎。

当时天还没亮，我们先去了红十字会，洗漱了一下，睡了一个半小时。天亮之后，我们走进了巴黎春日早晨的薄雾中。我和多尔夫对和平时期法国的全部了解都来自那些优秀的法国电影，里面有很多伟大的演员，比如让-路易·巴劳尔特（Jean-Louis Barrault）、让·迦本（Jean Gabin）、达妮埃尔·达里厄（Danielle Darireux）、路易·茹韦（Louis Jouvet）。

在特别服务处接待我们的是一位下士，一个年纪稍长的小个子男人。没想到的是，他的名字我们如雷贯耳：路易斯·谢尔下士。他是好莱坞最成功的经纪人，也是鲍勃·霍普（Bob Hope）的经纪人。他特别友好。他从上尉的办公室走出来，说："进去见洛根上尉吧。"然后我们被带进去，见了上尉。是乔舒亚·洛根。没错，就是那个洛根，百老汇那些最重磅、最出色作品的导演。

我们坐下来，惊讶得说不出话，他却跟我们聊开了，对我们的战争很有兴趣（和他的"战争"相当不同）。当他听说我们在邻里剧院跟迈斯纳学过表演时，他问："那个王八蛋还好吗？"（我不记得我们是怎么回答的了。）聊了几分钟后，他在我们的背上拍了拍,说:"小伙子们,我们当然会录用你们。我们需要你们这样的家伙。"从办公室走出来,巴黎的春天让我们脚下有些飘飘然。

这种事情得用一些相当特别的方式庆祝一下。最近的咖啡馆是不够排场的。因为看过那些法国电影,我们知道巴黎有乔治五世酒店和餐厅。它家就是巴黎的华尔道夫、广场、卡莱尔。① 于是我们就去了。我们三个二等兵,身上穿着伞兵制服,脖子上戴着白色围巾,靴子上系着白色鞋带,就这样来到酒店,受到了领班的欢迎。我开始用高中时学的一点蹩脚的法语解释,我们来这里是为了庆祝一次个人的胜利。服务生打断了我的话,用地道的英语把我们迎进了一个巨大又豪华的房间,然后带我们到一张餐桌前,帮我们点了酒和吃的。接下来的一个半小时,我们喝得心醉神迷。

我们已经喝得迷迷糊糊的时候,玛琳·黛德丽(Marlene Dietrich)进来了,手上竟还挽着迦本!(迦本和黛德丽就是那个时代的亨弗莱·鲍嘉和劳伦·白卡尔。)黛德丽是海外美国大兵们的海报女神,经常穿着一身第101空降师的伞兵制服,也就是我们身上的这一套。此刻,她就穿着这身衣服,领口上别着伞兵徽章,袖子上是第101空降师的标志。而我们三个二等兵坐在这边,越来越醉。

拿到账单时,我们感觉巴黎的春天一下子变成了冬天——我们带的钱根本不够。我们一边焦急一边哈哈大笑,

---

① 华尔道夫、广场和卡莱尔是纽约三家酒店的名字。

然后他们两个该死的家伙合伙决定应该由我去向黛德丽求助。他们激将成功,我接受了这个挑战。我站起来,摇摇晃晃地绕过一张张餐桌,朝黛德丽那边走去。

走到半路,我的行为引起了迦本和黛德丽的注意。迦本一只手肘撑在桌子上,另一只手托着脑袋,静静地看着我。黛德丽冲我微笑着——多美的笑容啊。我到了桌边,紧张得忘了呼吸,试着说明来意。当我还在一边咕哝一边靠着她的餐桌,努力不让自己倒下去的时候,她已经把手伸进了她的钱包。接着,我感觉到她往我右手里塞了一把东西。迦本抬头看着我,还是没有动。然后我退了下来,像从女王面前告退那样,回到我们自己的桌子旁;一路上我能感觉到整个餐厅的人都在看我,都在微笑。我坐下来,看着我手里的东西——付账绰绰有余。

我的两位醉醺醺的朋友对我的壮举表示了高度认可。酒还有一些,我们举起酒杯,朝黛德丽的方向隔空敬酒:"敬黛德丽!"①她微笑着也举杯示意。后来迦本和黛德丽起身要离开的时候,服务员给我捎了一张纸条,是从菜单上撕下来的一小片,上面的字迹是用眉笔写的:"够吗?我还有一些。D."我做了一个手势,表示"不用、不用、够了",他们就离开了。

巴黎之行后,我的两位朋友回到了第17空降师,我则回到了第101空降师。我们都期待听到洛根上尉的消息,时刻做好参加排练的心理准备,但我们再也没有听到来自特别服务

---

① 原文为法语。

处的任何消息。可能是因为在我回来两周之后,我所属的连队被调给第82空降师,作为占领军部队被派去了柏林驻守美国辖区(那时候柏林被分成四个占领区:美国、英国、法国和德国)。

到了柏林,我们在特别舒适的(反正对于美军来说是的)前党卫军营地驻扎下来。没过几天,美军广播电台(AFN)欧洲广播站的一个人联系了我。这个人一定是查阅了军方的资料,发现我有戏剧方面的背景,所以想让我加入柏林的AFN。"不用了,谢谢。"我回答说。那会儿我跟我的朋友们在一起,在一个全新的令人兴奋的环境中,而且我知道,不出六个月我就能回家了。然后这位节目编导说:"好吧,不过不管怎样,来和我们吃个午饭吧。"他们派了一辆车来接我——我,一个二等兵。我进入一座豪华的府邸(原主人是世界闻名的德国拳击手马克斯·施梅林),餐厅里用的是亚麻布和银器。我被这个排场惊到了。我坐下来,掏出一支烟,正准备点上,旁边的侍者已经掏出打火机候着了。这个排场很起作用——我加入了柏林的AFN。我主持的音乐节目叫"Jive at Five",表演者是五个非常棒的美国大兵爵士乐手。就这样,我成了一名夜间DJ。

在盟军占领柏林的早期,军方有一条严格的"不联谊政策":美国大兵不得与德国女人(或男人)友善往来。但有一次,军方的态度有些松动,让德国一些教会领袖仔细挑选了一些年轻的女士来参加一个联谊俱乐部的开业活动。因为废除这个"不联谊政策"是一个重要的事件,柏林AFN的节目编导决定就此做一期带现场观众的电台节目。

当我听说黛德丽此时正在柏林看望她的母亲，我萌生了一个大胆的想法：请她来参加这次开业活动——这样我也可以把上次在巴黎她给我的钱还掉。我给她捎了个消息，说了这个事。她联系了我的部队长官，表示她很乐意。

我和我的主持搭档一起写了一篇插科打诨的广播稿。黛德丽要来的消息我们没有告诉任何人。节目一开始，和我搭档的司仪问了我一些关于我在纽约的演员工作的问题。他问我认不认识什么名人。我说"是的，认识几个"，然后说了几个名字，其中包括黛德丽。他说："不，你不认识她。"我说："认识！我真的认识。"他说："我不相信。""你不信？"我喊了一声，"玛琳，能请你出来一下吗？"她出来了，给了我一个大大的拥抱。我跟她提起在巴黎找她借钱的事，然后把钱还给了她。她又给了我一个拥抱。就是这样。

尽管我已经得到足够的积分，可以回家了，但他们想让我在柏林留下来，以平民身份签订工作合约。留在柏林？此刻，整个纽约戏剧界都在张开怀抱等着我回去，我怎么可能留下来？！几个月后，1945年底，我回到了家，准备继续演戏了。

回来之后没多久，我就开始工作了，一边尝试新的领域，比如商业电视台的节目，一边演出夏季轮演剧目。1947年，在马里兰州的奥尔尼，我拿到了第一份夏季轮演剧团的工作，也拿到了自己的演员协会会员卡。演出合同上写的是我的真名：鲍勃·霍华德。演员协会的人告诉我："抱歉，我们已经有一个鲍勃·霍华德了,你得另外选一个名字。"好惨。然后我和我爱人贝蒂翻了三个月给婴儿取名的书,最后选了"迈克尔"。〔在广播肥皂剧《海伦·特伦特的罗曼史》(*The Romance of Helen Trent*)中,女主角有一个当诗人的情人就叫"迈——克——尔"。这个特别的叫法曾让15岁的我有些意乱情迷,之后我再也没有听过有人这样叫。〕那以后的69年里,我就成了迈克尔。

在奥尔尼的那个剧团,导演查尔斯·杜宾(Charles S. Dubin)联合我的好朋友詹姆斯·卡伦(James Karen)、露丝·怀特以及其他一些人跟制作人说,我们拒绝在种族隔离的剧院里演出。(那时候华盛顿著名的国家剧院还在实行种族隔离政策,有很多演员都为废除种族隔离做过努力,但都失败了。)得感谢我们那次演出的制作人伊夫琳·弗赖曼(Evelyn Freyman),她当时是美国广播艺术家联合会(AFRA)的高层之一。她毫不迟疑地表示了支持,让白人和黑人观众都可以购买任意座位的票,只要我们对这个事情别太张扬就好。

在那个演出季,剧团收到了一封信,是霍华德大学古典文学系的一位教授弗兰克·M. 斯诺登寄来的。信中写道:

> 尊敬的诸位,我和我妻子最近有幸在奥尔尼剧院看了一场《醋果树》(*The Vinegar Tree*)的演出。我们是黑人。你们有勇气让黑人和其他人一起在这里享受你们的戏剧演出,对此,我以最诚挚的心意表达我的祝贺……你们的勇气和精神让我想起了托马斯·沃尔夫在《你不

能再回家》中写的一段话:"我想,美利坚真正的面貌就在我们眼前了。我想,我们的精神、我们的人民、我们这片辽阔而不朽的土地的最终圆满,即将到来……"就像沃尔夫那样,我也相信美利坚真正的面貌就在我们眼前了。然而,我们的精神和人民要想达成圆满,必须有越来越多的美国人拥有像你们这样的精神力量。

这是一次胜利——演员也能带来一些改变。

我微不足道的职业生涯已经开始了。最早是在 1940 年,我在奥古斯丁·戴利(Augustin Daly)创作的《煤气灯下》(Under the Gaslight)中演过一个内战老兵斯诺基,这部戏当时曾在佛蒙特州的庄园礼堂巡演。从那时候起,我总是被安排演那些比较极端的角色,于是在这方面变得很拿手。我几乎从来没有演过一个"普通的年轻人"。

另一家我工作过的剧团在新罕布什尔州的拉科尼亚。当时的导演是奥德茨的一位朋友彼得·卡斯(Peter Kass)。1949年,奥德茨刚写完新戏《乡下姑娘》,他很想看到它演出来的样子,于是让彼得在新罕布什尔安排了一场预演。彼得选我演那个医生,他来看望女主角乔吉,带来了她身患癌症的噩耗。

于是,剧团白天排练《乡下姑娘》,晚上演出伊普·哈伯格(Yip Harburg)的《菲尼安的彩虹》(Finian's Rainbow);我演菲尼安(总是这种性格化的角色),一位年轻演员克利夫·罗伯逊(Cliff Robertson)演小矮妖。《乡下姑娘》的排练进展顺利。那时候的我,竟有幸参与了把一位重要的美国剧作家的全新作品搬上舞台的过程!

首演之后,我们的男主演嗓子坏了,完全不能发声。奥德茨感到心烦意乱,他想对自己的这部作品有更多的了解,现在却面临着停演一两周的风险。于是,他问我能不能在最短的时间内顶替这个角色,哪怕还不能马上脱离剧本或者还需要有人给我提词。"做一个英雄!力挽狂澜!"做演员的都懂,这样非同寻常的请求是不可能拒绝的。

周二晚上没有演出,周三午后也没有,这意味着我得在周三晚上上场,然后完成这轮演出剩下的所有场次。这意味着我在接下来的 36 个小时里不能睡觉,要记住台词。而更重要的是,我得记住角色的心理线和行动线,记住所有上场和下场。到了周三晚上,《乡下姑娘》的第二场演出如期开始,我演男主角弗兰克·埃尔金这个很重的角色,一切如期待中那样顺利。想必,克利福德在这个变故中收获了一些有益的东西。他和观众都很慷慨,给了我很多赞誉。

顺便说一句。因为我跑去演男主角,就不能有医生了,因此女主角乔吉就没有患癌症了。并且从那以后,剧本里就再也没有了——克利福德意识到不需要让她得癌症。

就这样,这部戏打磨好后回到纽约,登上了百老汇的舞台,制作人是德怀特·迪尔·威曼(Dwight Deere Wiman)。奥德茨非常友善(或者是为了表达谢意?),让我演了那个尚未经历考验的年轻剧作家。他告诉我,剧团给这个角色的预算是每周 150 美元。而那时候,演员协会制定的最低标准是每周 100 美元。

我是自己去跟剧团经理福里斯特·哈林（Forrest Haring）谈合同的。我当时为什么没有经纪人？太蠢了，迈克尔，简直太蠢了！福里斯特被认为是百老汇最强硬、最抠门的剧团经理。不过他倒让我觉得出奇地友好和健谈。他给了我每周100美元的报价。而我知道他面前的预算表里写的是150美元。我说："不，我不能签最低标准。"他有些得意地笑了："抱歉，孩子，这个角色的标价只有这么多。"

"我不接受。"我说。

"抱歉。"他一边说，一边去做他的事情了。

我有些糊涂，站起身，走向门边。正当我开门的时候，哈林摘下了他友善的面具，原形毕露——我身后传来他因为砍价失败而显得不快甚至愤怒的声音："好吧，回来坐下！150！"我赢了！

我们排练的舞台在宏伟的兰心剧院，以后正式演出也是在这里。克利福德自己担任导演，斯特拉斯伯格过来给他帮忙。斯特拉斯伯格是我当时的老师，也是奥德茨的良师益友，他就像一座高山一样坐在剧场后排，投下灰色的影子。

第一周的排练似乎平平无奇，担任主角的杰出演员哈根和史蒂文·希尔（Steven Hill）以及电影明星保罗·凯利（Paul Kelly）常常跟克利福德私聊，我们其他人则做我们的事情。我注意到威曼对我爱答不理，一副高高在上的样子，我以为是因为我赢了那50美元。不管怎样，我在剧团高层有朋友。

保罗·昂格尔这个角色对我来说是一次有趣的挑战。就像很多剧作家创作的那些像他们自己的剧作家人物一样，保罗也显得有几分平淡和捉摸不透，而我只需要以坦诚、投入、敏锐的状态沉浸到这次让人兴奋的冒险旅程中。这是一次新的表演体验，因为这个角色并不需要内部甚至也不需要外部的性格化处理，只需要我和情境融为一体。除了威曼，总的来说一切进展顺利。克利福德给的意见不多，但表示了肯定。斯特拉斯伯格的评价则只有："可以，可以。"

在第十二天的排练结束后，克利福德把我叫过去谈话。他没有在舞台上或者观众席座位上跟我谈，而是把我带到了兰心剧院后墙背面的楼梯间。"迈克尔，"他跟我说，"威曼觉得你看上去太犹太人了。他有点反犹。你不要管他。我需要你，这才是重要的。你演得没问题。"然后他就离开了，我想他是不想让人看到他和我进行了一场私密的谈话。我坐在楼梯上，有些愕然。我意识到他告诉了我一个秘密，一个我只能藏在自己心里的秘密。我在那儿坐了很久。我有身为犹太人的尊严，但不太有身为犹太人的意识。直到那一刻，我才第一次在剧院里遭到这样的评判，用现在的话叫"太民族化了"。

而这种荒唐事就这么发生了。我跟自己说，鼻子，肯定是因为鼻子。你试过从侧面看看自己的样子吗？这有点难。作为一个训练有素的演员，我心想："别想了，忘记它吧。把行动演出来，把注意力放在其他演员身上。"但是，我心里还是有一个部分生出了在意自己和观照自己的讨厌的小爬虫，它们开始蚕食我的注意力，仿佛威曼就在我脑后指指点点。这个角色应该是一个年轻的剧作家，他在认真观察、倾听，兴奋地孕育着他的第一部剧作。他是一个相对被动的角色，但时刻投入所处的情境中。在排练中,我没有给克利福德添麻烦,没有忍不住让自己出格。我知道我应该把向我汹涌袭来的愤怒灌注到角色中,让他以更加火热的状态沉浸到情境中。我应该让他的每一个行动都更加充满活力、更加完整。

登上百老汇舞台前,剧团去波士顿进行了一轮预演,我感觉到这个角色正在离我而去。但你也不能往砸了演。于是我开始回避别人的眼神。我想每个人都知道了,除了我自己。有一场演出,我在观众席上看到了演员工作室的一位朋友乔・沙利文(Joe Sullivan),一个可爱的爱尔兰童子军(也是位优秀的演员),个子不下一米八五。于是,连我都知道了。我被解雇了。

被解雇没什么大不了的,这是常有的事。有时候是演员的问题,但更多的时候说明导演和制作人犯了某个严重的错误。(作为导演,如果我在排练时发现一个演员的嗓音听起来跟主演的很像,导致很难分清是谁在说话,我就不得不解雇他。这确实是我的问题,但付出代价的是那个演员。)现在回头看,我可以明白制作人对这部《乡下姑娘》的一些意见。我想克利福德最后也明白了。把反犹倾向放在一边,制作方不会希望观众以为戏里的那位剧作家是年轻时候的奥德茨,进而从一种自传的角度理解这部戏。换沙利文演就避免了这个风险。

后面的故事也顺便讲一下。舞台监督在戏中戏里演了一个服装师的小角色,这么做是为了给制作人省钱。或许是出于愧疚,或许是因为理解我的痛苦,克利福德让制作人威曼把这个角色给了我。我恨不得跟他说"去你的",可那时候,我的第一个孩子克里斯托弗还不到1岁。我接受了,并且一直演到最后一场。

一些明眼而且老练的演员可能会告诉我:"你本应该……你本可以……"这话当然没错,我自己也会跟自己这么讲。但在1950年的时候,我只能那样做。世界在变化,我也懂了一些东西。自那以后,我再也没有把一份工作看重到那样极端的程度。

我分享下面的故事,是因为它涉及一位在戏剧界享有盛名(而且名副其实)的人物,一个才华卓越、诚实正直、对人性中的美好怀有恰当尊重的人物——哈伯格。哈伯格是一位杰出的歌词作者,也是美国音乐剧界的大师之一。1957年,我参演了他最有名的音乐剧《菲尼安的彩虹》,并且爱上了这部作品。后来,我作为导演两次将它搬上舞台。

第一次是在纽约北郊的伍德斯托克戏院。之后,我迫不及待地想要在排练时间充分的情况下再导一次。所以,当我有机会给位于纽约市的演员协会图书馆剧团执导这部戏时,我毫不犹豫地接受了。(演员协会图书馆剧团是演员协会资助的一个剧团,旨在让演员有机会演出一些已经上演过的剧目。)演出是在103街和百老汇交界处的大师研究所剧院。哈伯格来看了演出,并且不吝赞美之词。他还想跟我聊一聊,就我的角色选择探讨一些严肃的问题。于是演出之后我们去喝了一杯,聊了有一个小时。我们谈了谈戏剧,以及戏剧改善不公正问题的潜力。

后来，还是在那一年，哈伯格给我打了个电话。当时他在费城，正在给他的新音乐剧《牙买加》(*Jamaica*)做纽约市外的试演。伊普觉得自己为加勒比地区人民做了一份真实的记录，写了一出有大量讽刺笔调和政治影射的"民间歌剧"。我想他是把这部作品当作对《波吉与贝丝》(*Porgy and Bess*)的致敬。他痛恨费城舞台上发生的那些事。这部作品他是为哈里·贝拉方特①创作的，贝拉方特和伊普都感觉加勒比文化被旅游度假业破坏了。排练期间，贝拉方特先生"因病"离开了剧组，于是剧组请来了才华横溢的莉娜·霍恩②。百老汇的杰克·科尔（Jack Cole）负责花哨的卡利普索音乐的舞蹈部分。戴维·梅里克（David Merrick）担任制作人，另一位天才博比·刘易斯担任导演。但是伊普跟我说，作品正慢慢偏离他的预想，开始是一点点，现在差得越来越多。他感觉很痛苦，而且很恼火。他问我能不能悄悄来费城，帮他看看有没有什么补救的办法。

很显然，他还没有准备好坚持自己作为剧作家的立场，因为到现在为止，他已经一步一步做出了这么多妥协。在戏剧界，这是许多重要作家都可能面临的一种困境：身为艺术家，想要完整地表现作品的艺术真实，但为了让演出在百老汇取得成功，又要顾虑很多方面。不过对于伊普来说，除了大名鼎鼎的商业制作人梅里克，他还有刘易斯和霍恩要应付。于是我答

---

① 哈里·贝拉方特（Harry Belafonte），牙买加裔美国歌手、词曲作者、演员、社会活动家，致力于普及加勒比音乐，被誉为"卡利普索民歌之王"。
② 莉娜·霍恩（Lena Horne，1917—2010），非洲裔美国歌手、舞者、演员、社会活动家。

应过去看看。

"别告诉任何人,"他说,"我在比尔特莫尔酒店。我给你留了一张票,上面有你的名字。"那天晚上我看到的是一场夜总会表演,一群非裔美国人(那时候叫"黑鬼")围着霍恩女士跳舞,编舞是好莱坞式的。服装很华丽,场面光彩夺目,好一场夜总会表演。演出之后,我和伊普在他的酒店房间见了面。很明显,现在已经没有什么办法了。我很难知道哈伯格对《牙买加》具体是怎么想的,也很难知道他是怎样一小步一小步地让作品变成了现在这样。他的酒店房间死气沉沉,吃了一半的食物丢在那儿,被子也没有叠。我看到他很痛苦,情绪很低落。我们坐着,没有说太多的话,我好像也没有什么可以说的。他比我更清楚,那些出于商业成功的考虑、那些小小的"妥协"和默许是如何一步步毁掉了他对作品的预想。

后来《牙买加》登上了百老汇舞台,反响不一,但还是演了500多场。这是明星效应。霍恩还是一如往常地出色,做了她应该做的一切。而那位杰出的艺术家哈伯格后来被好莱坞列入了黑名单,有一年多的时间,他就是靠这出戏的收入养活了他的家庭。有时候,大热的作品其实可能是失败的。

礼 物

"礼物"这个词我在很多地方用到过:一场痛快的笑或者一次情感的宣泄,是演员给观众的礼物;而一个带来灵感的想法和表达这种想法的清晰语言,是演员得到的礼物;一次满场也是礼物——或许我还没有这么说过。不过,作为演员,我们最需要、最渴望得到的多多益善的礼物，是才能。

　　才能是什么？怎么描述？才能是用什么做的？关于它，已经有人写了一些书，以后还会有更多人写。当然，它包括深刻的感受力、面对刺激的快速反应力、丰富的想象力、对语言的热爱、有创造性的头脑，以及有足够的勇气在陌生人面前袒露内心并且能够享受其中。才能这份礼物，无论大小，都必须得到培养和发展，必须被尊重和保护。最重要的是，要想才能不至于退化，就必须把它用到工作中。我祝愿你获得工作。我祝愿你有好的同事、好的作品、好的上座率和好的报酬，心灵获得极大的满足。

　　祝你好运。

致　谢

　　对于一般的读者，致谢往往是很无聊的。而大多数认识作者的人应该会跳过去直接找自己的名字。可能每个作者都会想："没错，但是我的致谢更重要，我的致谢很认真，应该会让每个人都觉得有趣。"事实上，我也是这么想的。

　　这是因为，下面将列出来的每一个名字——这些了不起的人——每一个都是表演界的一分子，当舞台上灯光亮起，他们每一个人都努力在戏剧中活出自己的人生。而他们仍然腾出时间帮我改进这本书，或者给我肯定，敦促我将其完成。在我把我的想法变成文字的过程中，他们每一个人都是不可或缺的。我非常感谢这些朋友、这些同事、这些陪我一路走过来的伙伴，当然，还有我的出版人塔德·克劳福德和我的编辑凯尔茜·比索。

　　首先，也是最重要的，我得感谢我的文学经纪人约瑟夫·施皮勒。没错，他是经纪人，但也是编辑，而且最重要的，他是一位负责任的、要求严格的朋友。乔想要了解一切，想要参与其中，想要探索并且理解我写的所有东西。乔就像个助产士。成百上千个小时以来（好几年的时间，真的），他敦促我，冲我发牢骚，也给我安慰。而在这个过程中，在我的一点点帮助下，乔已经成了一个令人欣喜的演员。每个作者在自己的人生中都需要一个乔。或许他所做的最有价值的贡献，就是让我在书里写的话听起来像我说的。

两年半以前，乔把杰西·利布曼也拉了进来。杰西是一个不错的演员，在我的表演工作室学习。乔让杰西来帮我抓住那些像爆竹一样冷不丁冒出来的想法，这些想法经常会让我不知该如何用文字表达。杰西自己也是一位作者，他有非常有条理的头脑，也有让我能够信赖的品味，还愿意帮我做我最希望做到的一件事：保证书里的每一个想法、每一章都是我本来想要说的东西。我们共同协作的工作方式不断给我带来快乐。

在这趟旅程开始的时候，我需要准备一个提案给几个出版方看。在几个月的时间里，丽贝卡·布卢姆哈根陪在我旁边，帮我做了一份50页的总结我职业生涯的摘要。她很有耐心，也给了我很多鼓励。谢谢你，丽贝卡。

埃莉丝·奈特、珍妮·尼尔·鲍德温，还有后来加入的纳马·波托克把这份提案梳理了一遍，然后把我那些在旧笔记本上乱写的零零碎碎的想法集中起来。阿莉达·布里尔用她对戏剧的敏锐理解力帮我解开了一些文学上的疑难问题。伦敦的帕齐·罗登伯格则很热情地鼓励我，让我一定坚持下去。

我要感谢德博拉·坎普迈尔，还有其他许多演员和学生：玛丽·贝丝·派尔、劳丽·肯尼迪、博伊德·盖恩斯、詹姆斯·卡伦、黛安娜·道格拉斯。感谢他们支持我，提醒我教学中讲到的哪些要素也是他们在表演工作中觉得最重要的。这些演员中有很多人看过本书早期的稿子,并且敦促我前进。

有两个人对我的工作非常重要。首先是艾伦·麦卡洛。他是一个好演员,多年以来给我当舞台监督,并且为我的课做记录。然后是我的助理,好心的布里奇特·圣约翰。她几乎帮我张罗生活中所有的事情,无数次向我伸出援手,而此时此刻,就是她正在记录我的口述。谢谢你,布里奇特。

10年前,我把迈克尔·霍华德表演工作室卖掉了,把它的名字、历史和房屋租约,连同一架钢琴和一些椅子,都卖给了加布丽埃勒·伯布里克和她的伙伴们。卖掉工作室让我能够有更多的空间继续我的表演教学工作,也能够腾出时间来写这本书,因此我很欣慰。我感谢他们能够尊重我为迈克尔·霍华德表演工作室制订的愿景,并在此基础上继续带着工作室前进。

还有一连串名字我想要列出来,他们是所有以某种方式和我的表演教学生涯有过交集的演员。有一些表演教师会在某堂课上做丰富的笔记,回家敲成文稿打印出来,然后拿回来跟我说:"给你,这都是要点。写本书吧,迈克尔。"亚历克斯·尼尔就是这么做的。已经过世的格洛丽亚·马多克斯也这么做过,我非常想念她。

还有马克·刘易斯,他有着非凡的同理心和内心洞见(以及"外在洞见",如果有这么个词的话)。有许多表演教师(也都是演员)可能并不知道他们也是这本书的一部分,但正因为他们慷慨地向他们的学生分享了我的想法,我才能更清楚地理解自己的教学。这些人当中,我第一个想到的就是马克。此外,还有迈克尔·卡恩、理查德·沃纳、特里·施赖伯、彼得·洛布德尔、朱迪丝·莱维特、戴维·兰登、莱斯莉·雅各布森、朱迪·李·维维耶和迈克尔·博夫舍韦尔。

  最后,我还想道一声甜蜜而温柔的感谢。感谢过去 65 年来所有对我有所帮助的演员,是你们让我更深地理解了这句话:"我是一个演员。"

出版后记

在《演员不设防》一书中，迈克尔·霍华德通过反思自己的职业生涯，分享自己作为演员、导演和教师的经验来教授表演。他鼓励表演者利用他们独特的能力和个性来发掘他们自己的工作方式，并且超越技艺，进入人类心理学领域，认识到表演作为一种生命力的重要性。阅读本书时，读者仿佛置身于这位表演大师的课堂上，真的参与其中。

为了开拓一个与读者朋友们进行更多交流的空间，分享相关"衍生内容""番外故事"，我们推出了"后浪剧场"播客节目，邀请业内嘉宾畅聊与书本有关的话题，以及他们的创作与生活。可通过微信搜索"houlangjuchang"来获取收听途径，敬请关注。

服务热线：133-6631-2326　188-1142-1266

服务信箱：reader@hinabook.com

后浪电影学院
2022 年 6 月

图书在版编目（CIP）数据

演员不设防 /（加）迈克尔·霍华德著；张越译. -- 福州：海峡文艺出版社，2022.6
ISBN 978-7-5550-2937-3

Ⅰ.①演… Ⅱ.①迈… ②张… Ⅲ.①回忆录—加拿大—现代 Ⅳ.①I711.55

中国版本图书馆CIP数据核字（2022）第055618号

THE ACTOR UNCOVERED: A LIFE IN ACTING By MICHAEL HOWARD
Copyright © 2016 BY MICHAEL HOWARD
This edition arranged with ALLWORTH PRESS c/o JEAN V. NAGGAR LITERARY AGENCY, INC through BIG APPLE AGENCY, INC., LABUAN, MALAYSIA.
Simplified Chinese edition copyright:
2022 Ginkgo (Beijing) Book Co., Ltd.
All rights reserved.

本书中文简体版权归属于银杏树下（北京）图书有限责任公司。
著作权合同登记号：图字13-2022-016

演员不设防

[加] 迈克尔·霍华德 著；张越 译

出　　版：海峡文艺出版社
出 版 人：林　滨
责任编辑：陈　瑾
编辑助理：卢丽平
地　　址：福州市东水路76号14层 邮编 350001
电　　话：（0591）87536797（发行部）
发　　行：后浪出版咨询（北京）有限责任公司

选题策划：后浪出版公司
出版统筹：吴兴元
编辑统筹：赵丽娜
特约编辑：肖　潇
营销推广：ONEBOOK
装帧制造：墨白空间·李国圣

印　　刷：嘉业印刷（天津）有限公司
经　　销：新华书店
开　　本：889毫米×1194毫米 1/32
印　　张：8
字　　数：159千字
版次印次：2022年6月第1版　2022年6月第1次印刷
书　　号：ISBN 978-7-5550-2937-3
定　　价：45.00元

后浪出版咨询（北京）有限责任公司版权所有，侵权必究
投诉信箱：copyright@hinabook.com　fawu@hinabook.com
未经许可，不得以任何方式复制或者抄袭本书部分或全部内容
本书若有印、装质量问题，请与本公司联系调换，电话010-64072833